रंग-ए-एहसास

رنگِ احساس

रंग-ए-एहसास

رنگِ احساس

गिरिजा व्यास

گرجا ویاس

وانی پرکاشن

وانی پرکاشن

4695، اے-21، نئی دلی، دریا گنج، 1100 02

برانچ:

800 004 اشوک راج پتھ، پٹنہ

فون:+911123275710، فیکس:+911123273167

www.vaniprakashan.in
vaniprakashan@gmail.com
sales@vaniprakashan.in

RANG-E-EHSAS
by Girija Vyas

ISBN : 978-93-86799-06-7
Ghazals

اشاعتِ اول

قیمت:325

میں چھپی 095 110 پرنٹ سٹی پریس، دلی۔

وانی پرکاشن کا لوگو مقبول فدا حسین کے برش سے

समर्पण

انتساب

अपने अनगिनत पढ़ने वालों
के नाम

اپنے اَن گنت پڑھنے والوں
کے نام

फेहरिस्त
فہرست

परिचय

डॉ. गिरिजा व्यास बहुमुखी प्रतिभा की मालिक हैं। वह एक बड़ी राजनीतिज्ञ और समाजी कार्यकर्ता ही नहीं बल्कि वह एक शिक्षाविद् और सहृदय कवियित्री और साहित्यकार भी हैं। केंद्र एवम् राज्य सरकारों के बड़े पदों पर आसीन रहने के बावजूद वह आज भी ज़मीन से जुड़ी हुई हैं। इसीलिए राजनैतिक एवम् सामाजिक ज़िम्मेदारियों को खूबसूरती के साथ निभाते हुए उन्होंने आठ किताबें भी लिखी हैं। इतनी व्यस्तता एवम् विपरीत माहौल में रहते हुए भी आठ पुस्तकें लिखना कोई मामूली बात और आसान काम नहीं है। डा. गिरिजा व्यास की महानता इस बात से और बढ़ जाती है कि इन आठ किताबों में तीन पुस्तकें कविता की हैं।

डॉ. गिरिजा व्यास 8 जुलाई, 1946 ई. को श्रीकृष्ण शर्मा तथा श्रीमती जमुना देवी के घर उदयपुर, राजस्थान में पैदा हुईं। उनकी शिक्षा-दीक्षा भी उदयपुर में हुई जहां से उन्होंने दर्शनशास्त्र में एम.ए. तथा पी-एच.डी. की डिग्रियाँ प्राप्त कीं तथा मोहनलाल सुखाड़िया विश्वविद्यालय में लेक्चरर हो गयीं। इससे इस बात का बख़ूबी अंदाज़ा लगाया जा सकता है कि डाक्टर साहिबा ने अपनी राजनीति की इमारत को ज्ञान की मज़बूत बुनियादों पर खड़ा किया है।

डा. गिरिजा व्यास केन्द्र तथा राज्य सरकारों के विभिन्न मंत्रालयों को बहुत ही सलीक़े से संभालती रही हैं। अपने राजनीतिक जीवन के आरंभ में ही वह राजस्थान सरकार में पी.डब्ल्यू.डी. तथा टूरिज़्म की मंत्री रहीं तथा बाद में केन्द्र सरकार में शहरी विकास तथा सूचना एवम् प्रसारण मंत्रालय का कार्यभार संभाला। राजस्थान प्रदेश कांग्रेस कमेटी की अध्यक्षा की हैसियत से उन्होंने पार्टी को मज़बूत बनाने के लिए अहम रोल अदा किया। डा. गिरिजा व्यास राज्य तथा केंद्र सरकारों के मंत्रालयों तथा पार्टी के विभिन्न तथा अहम ओहदों को संभालने के साथ-साथ राष्ट्रीय महिला आयोग की चेयर पर्सन भी रही हैं तथा विभिन्न मंत्रालयों की कमेटियों की मेंबर की हैसियत से नुमायाँ काम अंजाम दिये हैं।

डॉ. गिरिजा व्यास के तीन काव्य संग्रह आबशार, एहसास के पर तथा 'सीप, समन्दर, मोती' प्रकाशित हो चुके हैं। वह एक हस्सास शायरा हैं। उनकी शायरी, उनकी सियासी और समाजी ज़िंदगी से हासिल अनुभवों का निचोड़ है। इसीलिए उनकी शायरी उनकी शख़्सियत को समझने में सहायक हो सकती है। वाणी प्रकाशन पहली बार उनके काव्य संग्रह ''रंग-ए-एहसास'' को हिंदी-उर्दू दोनों लिपियों में प्रकाशित कर रहा है। आशा है कि हमारे पाठक इस संकलन को भी पसंद करेंगे।

–डा. महताब हैदर नक़वी

उर्दू विभाग

अलीगढ़ मुस्लिम विश्वविद्यालय,

अलीगढ़

डॉ. गिरिजा व्यास की शायरी

(फ़न और शख़्सियत के आइने में)

लम्बा क़द, गेहुवाँ रंग, छरेहरा बदन, ग़िलाफ़ी आँखें, जाज़िब और मतीन चेहरा अंदर और बाहर से मोहज़्ज़ब और ज़हीन, सरापा ख़ुलूस फ़िलासफ़ी की लेक्चरार सियासत में तेज़-तर्रार, फ़ितरतन शायर और बुलंदपाया सियासत दाँ डॉ. गिरिजा व्यास की पहलूदार शख़्सियत पर राजस्थान को बजा तौर पर नाज़ है। उनका तअल्लुक़ झीलों के हसीन तारीख़ी शहर उदयपुर से है, जहाँ उन्होंने बड़े सलीक़े और आला अदबी ज़ौको-शौक के साथ तालीम हासिल की और बाद में वहीं पर फ़िलासफ़ी की उस्ताद होकर अदब और सियासत के क्षितिज पर इस तरह नमूदार हुईं कि मुल्क के बुद्धिजीवियों और संजीदा ज़हनों पर छाती चली गयीं।

सियासत में आने के बावजूद गिरिजा व्यास का हिन्दोस्तान की ख़वातीन शायरात में अपना एक अलग मुक़ाम है। उनकी शायरी का फ़न तजरबात की शिद्दत, मुतालए की बुसअत और हस्सास तबीयत की रवानी को ज़ाहिर करता है। वह जो कुछ देखती और सुनती हैं उसका इज़हार बड़े पुर-असर अंदाज़ में करती हैं। इस तरह उनकी फ़िक्र और मुशाहिदा, अल्फ़ाज़ और जज़्बात की ख़ूबसूरत तरतीब बड़े सलीक़े से ग़ज़ल में जलवागर होती है–

तेरे ख़याल की परछाइयाँ मिली हैं मुझे
ग़ज़ल में और भी रानाइयाँ मिली हैं मुझे।

जिस तरह शख़्सियत पर माहौल के गहरे असरात पड़ते हैं, उसी तरह डॉ. व्यास के आस-पास की आर्थिक, सामाजिक, राजनीतिक और साहित्यिक सरगर्मियों ने उनकी राजनीतिक सूझ-बूझ, शायरी और शख़्सियत को संवारा और निखारा है। वह आल इंडिया ख़वातीन कांग्रेस की अध्यक्ष हैं। इससे पहले वह राज्य एवम् केन्द्र में मंत्री थीं। इन मसरूफ़ियात के बावजूद उन्हें फ़िक्रे-शेर की है और वह अपने हर ओहूदे की ज़िम्मेदारियों को बड़े सलीक़े से निबाहते हुए शायरी भी कर रही हैं।

टी.एस. इलियट के मुताबिक़ ''शायर अपनी शख़्सियत के बोझ को हल्का करने के लिए शेर कहता है। वह जब तक अपने अंदर की कैफ़ियात को किसी पैमाने में नहीं ढालता, यह कैफ़ियात उस पर आसेब की तरह सवार रहती है।

डॉ. गिरिजा व्यास की बेचैनी की कैफ़ियात में कई तरह के दुख-दर्द और उम्मीद व ना उम्मीदी के बहुत से रंग शामिल हैं, जिन्हें वह शायरी में इस तरह प्रकट करती हैं :

किनारे वाले मेरी ज़िंदगी को क्या समझें
मैं एक मौज हूँ, अक्सर भँवर में रहती हूँ।

. . . .

शाम जितनी भी घनी होती है
फैलते जाते हैं गेसू मेरे।

और ग़मे-फ़िराक़ की यह मीठी कसक कुछ इस तरह से उनके जज़्बात और दिल के तारों को छेड़ती है—

फिर ख़्वाहिशें जवान हुईं तेरे कुर्ब की
कोई सितारा चाँद को जब चूमने लगे।

इस ग़मे-फ़िराक़ के बावजूद ग़मे-दौराँ की यह शिद्दत भी उन कैफ़ियात में शामिल हैं :

मज़हब के नाम पर जो कई घर जला दिये
रोशन थे जो चिराग़, वो पल में बुझा दिये।

मुख़्तलिफ़ ग़मों की यह आमेज़िश उनकी शायरी में कैफ़ो-मस्ती तेज़ शराब के नशे की सी कैफ़ियत पैदा करती है, जिसके लिए ग़ालिब ने कहा था:

यक गूना बेख़ुदी मुझे दिन-रात चाहिए

ग़मे-जहाँ और ग़मे-जानाँ की इस बेख़ुदी के आलम में वह ख़ुद अपने ग़म से बेनियाज़ होकर एक ऐसे ख़्वाब में खो जाती हैं, जो हम सब में ज़िन्दा रहने का शौक़ पैदा करता है :

आए कभी तो ऐसा भी आलम बहार का
थम जाए आसमान जमीं झूमने लगे।

डॉ. व्यास से मेरा परिचय डॉ. साक़िब रिज़वी के ज़रिये उस वक़्त हुआ था जब वह उदयपुर यूनिवर्सिटी के उर्दू विभाग के अध्यक्ष और डॉ. व्यास फ़िलासफ़ी विभाग में लेक्चरर थीं। उन दिनों भी डॉ. व्यास की बातों और आँखों से उनके अंदर का तख़्लीक़कार झांकता हुआ नज़र आता था। शायद 1986 ई. में जब रिज़वी साहब राजस्थान उर्दू अकादमी के चैयरमैन बने और अकादमी की नई बॉडी बनाई गयी तो डॉ. व्यास अकादमी की मेंबर की हैसियत से अहम शायरों और अदीबों के साथ राजस्थान में उर्दू की तरक़्क़ी के लिए तन-मन से व्यस्त हो गयीं। कांग्रेस की हुकूमत में उन्हें सूबाई टूरिज़्म का वज़ीर बनाया गया तो वह अपनी व्यस्तता के बावजूद उर्दू की ख़ैरख़्वाही और राजस्थान उर्दू अकादमी की सरगर्मियों से वाबस्ता रहीं और जब वह केन्द्र में सूचना और प्रसारण मंत्री बनीं और दिल्ली गयीं तो उन्होंने सूचना एवम् प्रसारण मंत्री की हैसियत से सत्तरह भाषाओं में प्रसारित होने वाले 'मानव विकास' प्रोग्राम को आकाशवाणी भोपाल, हैदराबाद और लखनऊ से प्रसारित करने का मंसूबा बनाया। साइंस के इस प्रोग्राम को उर्दू में पेश करने

के लिए डॉ. व्यास ने मुझे चुना और इस तरह साइंस के इस दिलचस्प क़िस्तवार प्रोग्राम की शुरू की कड़ियाँ मैंने भोपाल जाकर प्रोड्यूस कीं। हालांकि केन्द्रीय मंत्री की हैसियत से उनकी मसरूफ़ियात दिन-ब-दिन बढ़ती रहीं मगर वह अदबी सरगर्मियों से जुड़ी रहीं। उनका रचनात्मक सफ़र जारी रहा और वह मुशायरों, सेमीनारों और ज़बानो-अदब के जलसों में शरीक होती रहीं। उन्हीं दिनों डॉ. व्यास की शायरी की किताब 'सीप, समन्दर, मोती' प्रकाशित हुई जिसे काफ़ी सराहा गया।

जहाँ तक शायरा की बुनियादी ख़ुसूसियात का तअल्लुक़ है, वह तबीयतन हस्सास, मोहज़्ज़ब और एख़्लाक़ी और इंसानी क़द्रों का दिल से एहतिराम करती हैं। डॉ. व्यास सियासत के मैदान में होने के बावजूद फ़ितरतन शायरा हैं। उनकी सियासत तामीरी है और उनका दिल वतनी ख़िदमात से भरा हुआ है। इसलिए उन्हें अपना देश अपने ख़ान्दानी मज़हब से ज़्यादा अज़ीज़ है–

दीन और धर्म सबसे बड़ा मेरा वतन है
आँच आयी अगर इस पे तो सर मेरा कटेगा।

देश प्रेम के इस बेपनाह जज़्बे के तहत उन्हें मुल्क के बटवारे का भी शदीद एहसास है। वह मुल्क की अखंडता को नुक़सान पहुँचाने वाले वतन दुश्मन अनासिर से नालाँ व शाकी अपने क़ौमी वेक़ार पर आँच आते हुए नहीं देख सकतीं। वह मज़हब की आड़ में होने वाले हर उस विनाश को शिद्दत से महसूस करती हैं, जो मुल्क के तारीख़ी किरदार या किसी सम्प्रदाय के जज़्बात को ज़ख़्मी करे–

दीवारो-दर को ढाना फ़क़त हादसा नहीं
लेकिन मुझे लगा मेरा बाजू ही कट गया।

एहसास की यह शिद्दत उन्हें विरसे में मिली है जो बचपन से उनके मिज़ाज

में रची बसी है। उनकी तरबियत आपसी मेल-जोल के खुशगवार माहौल में हुई है। इसलिए अगर कहा जाए तो बेजा न होगा कि डॉ. गिरिजा व्यास की शख़्सियतगंगा-जमुनी तहज़ीब का बेहतरीन संगम है। यही वजह है कि वह जब भी सदियों पुराने हिन्दू-मुस्लिम इस्तेहाद को नुक़सान पहुँचते हुए देखती हैं तो साज़िशी ज़हनों को इस तरह फटकारती हैं –

कुछ लोगों की साज़िश की बदौलत जो मिला हो
दामन पे लगा दाग़ वो बरसों में मिटेगा।

वह दिलों के दरमियान उठती हुई नफ़रत की दीवरों को गिराना चाहती हैं और उन कथित सियासी लीड़रों की साज़िशों पर तिलमिलाती हैं, जो इंसानी रिश्तों में ज़हर घोलते और यहाँ के अवाम को भेद-भाव के ख़ानों में बांटकर एक दूसरे के दरमियान नफ़रत की दीवार उठा रहे हैं :

ऐसी दीवार जो रिश्तों को भुला देती है
मेरे आँगन में उठी है तो गिराऊँ कैसे।
दीन और धरम के नाम पे ख़ानों में बंट गये
क्या बात अब सुनायें हम अपने दयार की।

दरअस्ल इंसानियत की बुनियाद पर क़ायम इंसान से बेलौस मुहब्बत की इस कसक ने डॉ. व्यास की शायराना फ़िक्र को जो चमक दी है वह तलवार की धार की तरह काम करती हुई उनकी शायरी के जौहर को नुमायाँ करती है। यही वजह है कि उनकी ग़ज़लों में एक मीठी सी कसक, तन्हाई का गुदाज़ और हिज्र के सुलगते हुए ग़म की धीमी-धीमी आँच है –

दुआ में हाथ उठे तो बस उसी के लिए
कि जिसने मुद्दतों मुझको बहुत रुलाया है।

वह किसी की बेवफ़ाई का भी खुलकर गिला नहीं करतीं –

मेरे मसीहा मैंने

तुझको ही अपना सब कुछ जाना है

मुद्दत से इक ज़ख़्म है दिल
में चाहे तो भर जाना भी।
साथ देती तो कहाँ तक देती
काटकर ले गया बाज़ू मेरे।

महरुमी का यह एहसास उनके शेरों को धारदार बना देता है –

फिर ख़्वाहिशें जवान हुईं तेरे कुर्ब की
कोई सितारा चाँद को जब चूमने लगे।

....

और भी लोग तेरे चाहने वाले हैं बहुत
तू फ़क़त मेरा रहे, यह मेरी क़िस्मत में नहीं।

इस महरूमी के बावजूद उनके दिल में किसी की याद का नश्तर सा खटकता रहता है–

धूप हो, छाँव हो, बरसात हो या पतझड़ हो
कोई मौसम हो, तेरी याद चली आती है।

.....

तेरे ध्यान की कश्ती है, ना ध्यान है तेरी यादों का
और ऐसे हालात में मुझको दरिया पार उतरना है।

हिज्र का यह ग़म और यादों की यह कसक जब हद से बढ़कर सोज़ बन जाती है तो पुर-कैफ़ साज़ की सी झंकार से उनकी ग़ज़ल और निखर जाती है–

तेरे ख़्याल की परछाइयाँ मिली हैं मुझे
ग़ज़ल में और भी रानाइयाँ मिली है मुझे।

....

ये तेरी याद है इसको न कोई रोक सका
दिल के आँगन में दबे पाँव चली आती है।

दिलों में नश्तर की तरह उतरता हुआ डॉ. व्यास की ग़ज़लों का लहजा और पुर-असर अंदाज़े-बयान बहुत शाइस्ता है, इज़हार में क्लासिकी रचाव और फ़िक्र व जज़्बे में गहराई है। यही वजह है कि उनकी शायरी एहसास की सतह पर सांस लेती है।

इस शायरा की एक और खूबी हिंदी का लहजा है, जिसमें भाषा की सादगी, हिन्दी गीतों की लय और दोहे की गहराई है। वह अंग्रेज़ी की शायरी की भी शैहाई हैं, इसलिए उनकी शायरी में लिरिकल रुमानी दौर के शायरों की रूमानियत का भी रचाव है–

मेरे दुखों में, मेरी हर ख़ुशी में शामिल है
नज़र न आये मगर साथ-साथ चलता है।

......

यौवन के इस जंगल में तुम जाने कब तक भटकोगे
जीवन की अब शाम हुई है, लौट के तुम घर आओगे।

.....

इस नगरी के बादल हो तो सबकी प्यास बुझाना तुम
मेरी बूंद भी शामिल करना, पानी जब बरसाओ तुम।

उर्दू शायरी में ग़ज़ल की बहुत अहमियत है और क्लासिकी ग़ज़ल इसका अनमोल सरमाया है जो हर शायर की फ़िक्र की रफ़्तार से झलकता है। डॉ. गिरिजा व्यास के यहाँ क्लासिकी रचाव और नयी-पुरानी शायरी की ख़ूबसूरत आमेज़िश बड़े पुर-असर अंदाज़ में नुमायाँ होती है–

मैं इक पतंग खुलेआसमाँ में उड़ती हूँ
ये कैसी डोर की मजबूरियां मिली हैं मुझे।

......

दिल तो जवाँ था, ओढ ली हमने
जिस्म पे चादर एक पुरानी।

डॉ. गिरिजा व्यास की शायरी में रिवायत का वह जादू तो नहीं जो रिवायत परस्त शायरों की क्लासिकी ग़ज़लों में होता है, फिर भी रिवायत की दिलकशी और रूमानियत की तिलिस्मी कैफ़ियत उनके शऊर में दाखिल होकर उनकी शायरी को पुर-असर और दिलकश बना देती है। यह दिलकशी उनकी ज़हानत और जज़्बातियत से पैदा होती है।

च्यूँकि वह नयी दिशाओं में वक़्त के साथ-साथ चलना चाहती हैं इसलिए खूब से ख़ूबतर की तलाश का अज़्म लेकर तख़य्युल की गहराई से ज़्यादा मुशाहिदे और मुतालए से अपनी ग़ज़लों का रंग-रूप निखारती हैं। वह अपने आस-पास से भी बेख़बर नहीं, बड़ी सूझ-बूझ से ज़िंदगी और उसके मसायल का तजज़िया करती हैं और नये लबो-लहजे में हाल का दर्द बयान करती हैं–

ये कैसी भीड़ है जिसमें नहीं कोई अपना
यहाँ तो और भी तन्हाइयाँ मिली हैं मुझे।

तन्हाई, ज़ात के इस ग़म का तजज़िया वह उन नाम-निहाद जदीद शायरों की तरह नहीं करतीं जो खौफ़ो-दहशत और तन्हाई की अलमनाकी से फ़र्द के वजूद को मश्कूक कर देता है। वह तो अपनी शख़्सियत की तकमील दूसरे शख़्स के तनाज़ुर और तक़ाबुल में करती हैं, जिसके जरिये वह खौफ़ को दरियाफ़्त करना चाहती हैं।

उसको पाकर भी ये सोचूँ कि गंवाऊँ उसको
मुझको डर है कि कहीं भूल न जाऊँ उसको।

....

फ़रेब अपनों ने इतने दिये कि कहते हैं
मैं डर रही हूँ उसी से जो मेरा साया है।

उनके यहाँ खुद को दरियाफ़्त करने का यह अमल जारी है जो दूसरे से तक़ाबुल के तहत उन्हीं रिवायत और तारीख से मुन्सलिक है और जब यह तक़ाबुल मर्द की ज़ात के तनाज़ुर में होता है तो वह औरत की घुटन और कसक का उसी पुर-असर लहजे में इज़हार करती हैं जिसको डाक्टर मो. हसन ने परवीन शाकिर के हवाले से उर्दू शायरी की तीसरी आवाज़ से मन्सूब किया था। डॉ. गिरिजा व्यास की यह आवाज़ फ़रसूदा रिवायात के दायरों को तोड़ती हुई कुछ इस तरह सुनाई देती है—

साथ देती तो कहाँ तक देती
काटकर ले गया बाज़ू मेरे

....

मेरी वफ़ा को वो अपनी अना से तो लेगा
करेगा प्यार मगर नफ़रतों से बोलेगा।

....

करेगा प्यार मगर भेद सब छिपायेगा
समझ के सोच के अपनी ज़बान खोलेगा।

......

कभी चट्टान की सूरत दिखाई देता है
कभी वो मोम की मानिन्द भी पिघलता है।

....

आँखें मिला के बात कभी कर नहीं सका
वो शख़्स अपने आपसे डरता हुआ मिला।

....

मेरा नसीब कहाँ है कि तेरे साथ रहूँ
यही बहुत है कि तेरे नगर में रहती हूँ।

....

दुआ में हाथ उठे भी तो बस उसी के लिए
कि जिसने मुद्दतों मुझको बहुत सताया है।

माँ की शफ़क़त और मुहब्बत भी उनके अशआर में बड़ी शिद्दत के साथ नुमायाँ है।

वो जिसकी गोद में पायी थी ज़िंदगी मैंने
अभी तलक उसी आँचल का सर पे साया है।

डॉ. गिरिजा व्यास ने ऐसे बहुत से अशआर में औरत के जज़्बात की तरजुमानी बड़े हसीन अंदाज़ में की है। उन्हें परवीन शाकिर की तरह औरत के अरमानों और तमन्नाओं के चिराग़ों की लौ को बुझा देने वाली समाजी घुटन का शदीद एहसास है और वह मर्द के अहसासे-बरतरी की तीखी धार और मर्द के बनाये हुए समाज की फ़रसूदा रस्मों से पैदाशुदा कसक का इज़हार जिस पुर-कशिश अंदाज़ में करती हैं, वह परवीन शाकिर के लबो-लहजे से क़द्रे मुशाबह और मुश्तरक है।

मुख़्तसर यह कि डॉ. गिरिजा व्यास की शायरी का क्लासिकी रचाव जदीद लबो-जहजा और मख्सूस आहंग उनके रोशन मुस्तक़बिल की बशारत है। हालांकि डा. व्यास की सियासी मसरूफ़ियात का दायरा बहुत बड़ा है मगर उनकी मश्क़े-सुख़न जारी है और वह खूब से ख़ूबतर की तलाश में यक गूना बेख़ुदी के साथ अपना तख़्लीक़ी सफ़र तय कर रही हैं—

साथ तेरे सफ़र में ग़ाफ़िल थे
कौन जाने कहाँ मुक़ाम हुआ।

मुमताज़ शकेब
ए.एस.डी.
आल इंडिया रेडियो
जयपुर

अपनी बात

'सीप समंदर मोती' मेरी ग़ज़लों की पहली किताब थी। जिसे अंजुमन तरक्की उर्दू, नई दिल्ली ने शाया किया था। इस मजमुए की पज़ीराई अदबी हलक़ों में जिस तरह हुई, उससे मुझे और भी लिखने का हौसला मिला।

मैं शुक्रगुज़ार हूँ उन चंद मेरे हमदर्द दोस्तों की, जिनकी सोहबत से मुझे शेरो-अदब से मोहब्बत हुई। सभी के नाम लेना तो नामुमकिन है, मगर हाँ चंद साहिबान आर.एल. चाफला, डा. साक़िब हसन रिज़वी, प्रो. जे.जी. मेसी, डी.आई. ख़ान, ख़लील तनवीर, इक़बाल सागर, प्रेम भण्डारी आदि के साथ अक्सर शेरो-शायरी की महफिलें जमती थीं और मेरी रूह को सुकून मिलता था। यहीं से शुरूआत हुई कुछ कहने की जो इस अंजाम तक पहुँची है, और नतीजा है ''रंगे एहसास''।

मेरी सियासी मसरूफ़ियत और ज़िन्दगी की भागदौड़ के बीच कुछ लम्हे मुझे अपने आप से बात करने के मिले तो मैंने उन लम्हों में उपजे एहसासात को लफ़्ज़ों में पिरोने की कोशिश की और मुझे लगता है कि ये लम्हे ही मेरी ज़िन्दगी के बेशक़ीमती लम्हे रहे हैं।

मैंने ज़िन्दगी में वो ही सब कुछ महसूस किया है जो आम इन्सान महसूस करता है, मगर ऊपर वाले की मेहरबानी मुझपे ये रही कि जो आम इन्सान अपने दुःखदर्द को या खुशी के लम्हात को लफ़्ज़ों में बयान नहीं कर

पाता है, उसे शायरी में बयान करने का हुनर मुझे बख़्शा।

मेरी इस कोशिश में मैं जमील कुरेशी और ख़लील तनवीर का दिली शुक्रिया अदा करती हूँ जिन्होंने मुझे हर क़दम पर अपनी बेशक़ीमती राय देकर मेरी हौसला अफ़ज़ाई फ़रमाई।

इस पुस्तक का लिप्यन्तरण डा. महताब हैदर नक़वी, अलीगढ़ ने किया है, उनका आभार। ''रंग-ए-एहसास'' में जो कुछ आपको अच्छा लगे वो सब आपका ही है, मैं तो एक निमित्त मात्र हूँ।

डा. गिरिजा व्यास

एक नाम जिसमें कई तरह की ख़ूबियाँ मौजूद हों उसे अपनी पहचान बनाने की कोई ज़रूरत नहीं होती, उसकी पहचान तो वक़्त ब वक़्त अपने आप समाज में बनती जाती है। मैंने ये करिश्मा देखा है, डा. गिरिजा व्यास की शख़्सियत में, जिन्हें मैं बचपन से जानता हूँ। हालाँकि वह उम्र में मुझसे चंद साल बड़ी हैं, मगर कुछ लोगों की खूबी होती है कि उनके रिश्तों में उम्र कोई मायने नहीं रखती है।

एक ही मोहल्ले में बरसों साथ रहने के सबब उनकी शख़्सियत के कई रंग मैंने बहुत क़रीब से देखे हैं। अच्छी दोस्त, अच्छी पड़ोसी, बेहतरीन टीचर, बेहतरीन शायरा, उम्दा गायिका, अच्छी खिलाड़ी, सबकी हमदर्द, मददगार, सियासत की सूझबूझ रखने वाली डा. गिरिजा व्यास की शख़्सियत के कई पहलू हैं, जिन्हें लफ़्जों में बयान करना नामुमकिन लगता है। बावजूद इन सब खूबियों के उनके मिज़ाज में कोई गुरूर नहीं, कोई अना नहीं।

मैंने डा. व्यास का पहला मजमूआ 'सीप समंदर मोती' पढ़ा तो लगा कि उनकी ग़ज़लों में सादगी है, साफ़गोई है, रूमानियत है, मौसीक़ी है और ज़िन्दगी के हर पहलू को बड़ी ख़ूबी के साथ बयान किया गया है और वह भी बिना किसी साज-सिंगार के, बिना किसी आडंबर के, बिना किसी ज़हनी कोशिश के। और इन्हीं ख़ूबियों की वजह से मैंने उनकी ग़ज़लों का एक आडियो सी.डी. ''ड्रीम्स'' तैयार किया और मौसीक़ी के साथ गाया भी जो संगीत और अदबी हलक़ों में बहुत पसन्द किया गया।

सादा लहजे में बात कहना बड़ा मुश्किल होता है और उस लहजे में

असर पैदा करना और भी मुश्किल है। जो अपने अंदर बाहर से पूरा का पूरा खूबसूरत होता है, वो ही सादगी से सबका दिल जीत लेता है। मेरा एक शे'र है–

सजा सजाया हुआ जाने कैसा लगता था
पहन के सादगी इतना निखर गया कैसे।

यही खूबी मैंने उनकी शायरी में भी महसूस की और डा. गिरिजा व्यास में ख़ुद भी। डा. व्यास अपनी ज़िन्दगी में कितनी भी मसरूफ़ रही हों मगर उन्होंने ज़िन्दगी के हर दौर में ऊँचे से ऊँचे ओहदे पर रहकर भी शायरी का, अदब का दामन नहीं छोड़ा। हिन्दोस्तानी ज़बान की तरक़्क़ी के लिए वह हमेशा फ़िक्रमन्द रहीं।

सच्ची और दिल छूने वाली शायरी वह ही कर सकता है जिसने ज़िन्दगी में मेहरूमियां देखी हों। वक़्त ने कई ज़ख्म भी दिए हैं डा. व्यास को, मगर उन्होंने अपने उन ज़ख्मों का इज़हार कभी किसी से करना मुनासिब नहीं समझा। इन्हीं मसाइलों का इज़हार उन्होंने अपने कलाम में इतनी खूबी के साथ किया जैसे कोई ज़हर को अमृत बना दे। डा. व्यास सालों-साल फ़िलास्फ़ी की प्रोफ़ेसर रही हैं, इसलिए ज़िन्दगी के बारे में उनका अपना एक अलग ही नज़रिया रहा है जिसकी परछाइयाँ उनकी ग़ज़लों में क़दम-क़दम पर झिलमिलाती हैं। बक़ौल डा. गिरिजा व्यास–

तेरे ख़याल की परछायां मिली हैं मुझे
ग़ज़ल में और भी रानाइयां मिली हैं

बक़ौल डा. इक़बाल–बात जो दिल से निकलती है असर रखती है, और 'रंग-ए-एहसास' में सिर्फ़ और सिर्फ़ वही ख़याल हैं, जो दिल से निकले हैं।

डा. प्रेम भण्डारी

10.12.2015

शोर–शराबे से घबराना
तन्हाई का जी बहलाना।

सदियों से मैं उसको जानूँ
आज तलक है जो अनजाना।

मेरी चाहत इतनी छोटी
तेरे पहलू में मर जाना।

तेरा–मेरा जो रिश्ता है
उस रिश्ते का नाम बताना।

देखके शीशा डर जायेगा
तेरा पत्थर से टकराना।

شور شرابے سے گھبرانا
تنہائی کا جی بہلانا

صدیوں سے میں اس کو جانوں
آج تلک ہے جو انجانا

میری چاہت اتنی چھوٹی
تیرے پہلو میں مرجانا

تیرا میرا جو رشتہ ہے
اُس رشتے کا نام بتانا

دیکھ کے شیشہ ڈر جائے گا
تیرا پتھر سے ٹکرانا

अपना नगर है सूना-सूना
दिल का घर है सूना सूना।

तेरे दम से घर की रौनक
आँगन दर है सूना सूना।

रुत आई, रुत बीत गयी
अबके सफर है सूना सूना ।

भीड़ है कितनी घर-आँगन में
मन भीतर है सूना सूना।

हर चाहत है बेगानी-सी
हर मन्ज़र है सूना सूना।

اپنا نگر ہے سوٗنا سوٗنا
دل کا گھر ہے سوٗنا سوٗنا

تیرے دم سے گھر کی رونق
آنگن در ہے سوٗنا سوٗنا

رُت آئی رُت بیت گئی
اب کے سفر ہے سوٗنا سوٗنا

بھیڑ ہے کتنی گھر آنگن میں
من بھیتر ہے سوٗنا سوٗنا

ہر چاہت ہے بے گانی سی
ہر منظر ہے سوٗنا سوٗنا

मेरी वफ़ा को वो अपनी अना से तोलेगा
करेगा प्यार मगर नफ़रतों से बोलेगा।

अभी से मुझपे किताबों का बोझ लादेगा
वो बचपने में जवानी का ज़हूर घोलेगा।

गले मिलेगा मगर भेद सब छुपायेगा
समझ के-सोच के अपनी ज़बान खोलेगा।

तमाम उम्र की रंजिश को भूल जायेगा
गले लिपट के अगर ज़ार-ज़ार रो लेगा।

ख़ताएँ इतनी हैं मेरी ज़वाब क्या दूँगी
जो रोज़े-हश्र मेरे सारे भेद खोलेगा।

میری وفا کو وہ اپنی اَنا سے تولے گا
کرے گا پیار مگر نفرتوں سے بولے گا

ابھی سے مجھ پہ کتابوں کا بوجھ لادے گا
وہ بچپنے میں جوانی کا زہر گھولے گا

گلے ملے گا مگر بھید سب چھپائے گا
سمجھ کے سوچ کے اپنی زبان کھولے گا

تمام عمر کی رنجش کو بھول جائے گا
گلے لپٹ کے اگر زار زار رو لے گا

خطائیں اتنی ہیں میری جواب کیا دوں گی
جو روزِ حشر مرے سارے بھید کھولے گا

गुलशन-गुलशन फूल खिले हैं
कितनी मुद्दत बाद मिले हैं।

मंज़िल से क्यूँ दूर रहे हैं
तेज़ क़दम तो हम भी चले हैं।

अपनी क़िस्मत ऐसी है कि
बर्फ़ को छूकर हाथ जले हैं।

अपनों से उम्मीद लगा कर
हमने अक्सर हाथ मले हैं।

औरों से क्या, तुमसे भी अब
मुझको शिकवे हैं न गिले हैं।

گلشن گلشن پھول کھلے ہیں
کتنی مدت بعد ملے ہیں

منزل سے کیوں دور رہے ہیں
تیز قدم تو ہم بھی چلے ہیں

اپنی قسمت ایسی ہے کہ
برف کو چھُوکر ہاتھ جلے ہیں

اپنوں سے امید لگا کر
ہم نے اکثر ہاتھ مَلے ہیں

اوروں سے کیا تم سے بھی اب
مجھ کو شکوے ہیں نہ گلے ہیں

दर्द का क़िस्सा और कहानी
याद है अब तक मुझको ज़बानी।

इस ग़ुस्से में प्यार का आलम
ऐसे जैसे आग में पानी।

दिल तो जवाँ था, ओढ़ ली हमने
जिस्म पे चादर एक पुरानी।

तू जो नहीं है पास हमारे
क्यूँ लगती है शाम सुहानी।

किसको सुनाऊँ-कौन सुनेगा
अपने बचपन की वो कहानी।

درد کا قصہ اور کہانی
یاد ہے اب تک مجھ کو زبانی

اس غصے میں پیار کا عالم
ایسے جیسے آگ میں پانی

دل تو جواں تھا اوڑھ لی ہم نے
جسم پہ چادر ایک پرانی

تو جو نہیں ہے پاس ہمارے
کب لگتی ہے شام سہانی

کس کو سناؤں، کون سنے گا
اپنے بچپن کی وہ کہانی

रेल की रफ़तार-सी ये ज़िन्दगी
बेवजह है भागती ये ज़िन्दगी।

लाख चलिए रास्ते मुड़ते नहीं
इक गली-सी हो गयी ये ज़िन्दगी।

सपने बुनते हैं ये किसके किस लिए
अनकही ये अनबुझी ये ज़िन्दगी।

हम किसी के हैं न अपना है कोई
झूठे रिश्तों में बँधी ये ज़िन्दगी।

उम्र भर ये ज़िन्दगी थी साथ-साथ
फिर भी तन्हा-सी लगी ये ज़िन्दगी।

ریل کی رفتار سی یہ زندگی
بے وجہ ہے بھاگتی یہ زندگی

لاکھ چلیے راستے مڑتے نہیں
اک گلی سی ہوگئی یہ زندگی

سپنے بُنتے ہیں یہ کس کے کس لیے
اَن کہی، یہ اَن بجھی یہ زندگی

ہم کسی کے ہیں، نہ اپنا ہے کوئی
جھوٹے رشتوں میں بندھی یہ زندگی

عمر بھر یہ زندگی تھی ساتھ ساتھ
پھر بھی تنہا سی لگی یہ زندگی

ऐसी भी क्या रुत आयी
जलती है क्यूँ पुरवाई।

ऐसी भी क्या बात हुई
आँख हमारी भर आयी।

मुझको याद है मंज़र वो
पहले-पहल जब शरमाई।

सूरज का भी साथ नहीं
कैसी घटा दिल पर छाई।

बहुत दिनों के बाद मिले
वो सिमटा, मैं शरमाई।

ایسی بھی کیا رُت آئی
جلتی ہے کیوں پروائی

ایسی بھی کیا بات ہوئی
آنکھ ہماری بھر آئی

مجھ کو یاد ہیں منظر وہ
پہلے پہل جب شرمائی

سورج کا بھی ساتھ نہیں
کیسی گھٹا دل پر چھائی

بہت دنوں کے بعد ملے
وہ سمٹا، میں گھبرائی

हर घड़ी ग़म में हमकलाम हुआ
हाल दिल का ये सुबूहो-शाम हुआ।

साथ तेरे सफ़र में ग़ाफ़िल थे
कौन जाने कहाँ मुक़ाम हुआ।

याद आये वो हिज्र के लम्हे
मुझको जब-जब ख़याले-शाम हुआ।

तुम मुझे मिल गये तो जाने क्यूँ
लम्हा-लम्हा दुखों के नाम हुआ।

अपनी ख़ातिर जिये तो क्या हासिल
ये भी दुनिया में कोई काम हुआ।

ہر گھڑی غم میں ہم کلام ہوا
حال دل کا یہ صبح و شام ہوا

ساتھ تیرے سفر میں غافل تھے
کون جانے کہاں مقام ہوا

یاد آئے وہ ہجر کے لمحے
مجھ کو جب جب خیالِ شام ہوا

تم مجھے مل گئے تو جانے کیوں
لمحہ لمحہ دکھوں کے نام ہوا

اپنی خاطر جیے تو کیا حاصل
یہ بھی دنیا میں کوئی کام ہوا

इश्क़ को रोग बनाते क्यूँ हो
दाग़ दामन में लगाते क्यूँ हो।

आस-उम्मीद का नन्हा-सा दिया
दिल के मन्दिर में जलाते क्यूँ हो।

लोग अफ़सानों से कब बहलेंगे
तुम हक़ीक़त को छुपाते क्यूँ हो।

हर घड़ी तुम यूँ सवाली बन कर
अपना क़द इतना घटाते क्यूँ हो।

अब यहाँ कौन है आने वाला
घर की दहलीज़ सजाते क्यूँ हो।

عشق کو روگ بناتے کیوں ہو
داغ دامن میں لگاتے کیوں ہو

آس اُمید کا ننھا سا دِیا
دل کے مندر میں جلاتے کیوں ہو

لوگ افسانوں سے کب بہلیں گے
تم حقیقت کو چھپاتے کیوں ہو

ہر گھڑی تم یوں سوالی بن کر
اپنا قد اتنا گھٹاتے کیوں ہو

اب یہاں کون ہے آنے والا
گھر کی دہلیز سجاتے کیوں ہو

तेरी चाह के फूल खिले
दुनिया चाहे अब न मिले।

इतना ऊँचा उड़ने वाले
धरती रखना पाँवों तले।

मेरी ख़्वाहिश कितनी छोटी
अगले जनम भी तू ही मिले।

दिन भर चाहे कहीं रहे तू
घर आ जाना शाम ढले।

मुद्दत बाद मिले पर ऐसे
धरती गगन से जैसे मिले।

تیری چاہ کے پھول کھلے
دنیا چاہے اب نہ ملے

اتنا اونچا اُڑنے والے
دھرتی رکھنا۔ پاؤں تلے

میری خواہش کتنی چھوٹی
اگلے جنم بھی تو ہی ملے

دن بھر چاہے کہیں رہے تو
گھر آجانا۔ شام ڈھلے

مدت بعد ملے پر ایسے
دھرتی گگن سے جیسے ملے

मज़हब के अगर नाम पे ये दिल जो बँटेगा
नुफ़रत का जो लावा है वो हर दिल में फटेगा।

दीन और धरम सबसे बड़ा मेरा वतन है
आँच आई अगर इसपे तो सर मेरा कटेगा।

कुछ लोगों की साज़िश के बदौलत जो मिला हो
दामन पे लगा दाग़ वो बरसों में हटेगा।

सब धर्मों को आदर ही दिया मेरे वतन ने
इज़्ज़त जो घटी इसकी, कलेजा भी कटेगा।

दीन और धरम के लिए जब लोग लड़ेंगे
क.द मेरे वतन का ये ज़रा और घटेगा।

مذہب کے اگر نام پہ یہ دل جو بٹے گا
نفرت کا جو لاوا ہے وہ ہر دل میں پھٹے گا

دین اور دھرم سب سے بڑا میرا وطن ہے
آنچ آتی اگر اس پہ تو سر میرا کٹے گا

کچھ لوگوں کی سازش کی بدولت جو ملا ہو
دامن پہ لگا داغ وہ برسوں میں ہٹے گا

سب دھرموں کو آدر ہی دیا میرے وطن نے
عزت جو گھٹی اس کی کلیجہ بھی کٹے گا

دین اور دھرم کے لیے جب لوگ لڑیں گے
قد میرے وطن کا یہ ذرا اور گھٹے گا

दीन और धरम के नाम पे आपस में बँट गया
इन्सान अपने आप में कितना सिमट गया।

दीवारो-दर को ढाना फ़क़त हादसा सही
लेकिन मुझे लगा मेरा बाज़ू ही कट गया।

वो कौन शख़्स था मेरा दुश्मन कि दोस्त था
कुछ दूर मेरे साथ चला और पलट गया।

रहते थे लोग प्यार-मुहब्बत की छाँव में
ये देस मेरा आज तो ख़ानों में बँट गया।

दानिशवरों के चेहरे पे जो थी पड़ी हुई
इक बच्चा उस नक़ाब को पल में पलट गया।

دین اور دھرم کے نام پہ آپس میں بٹ گیا
انسان اپنے آپ میں کتنا سمٹ گیا

دیوار و در کو ڈھانا فقط حادثہ سہی
لیکن مجھے لگا مرا بازو ہی کٹ گیا

وہ کون شخص تھا مرا دشمن کہ دوست تھا
کچھ دور میرے ساتھ چلا اور پلٹ گیا

رہتے تھے لوگ پیار محبت کی چھاؤں میں
یہ دیش میرا آج تو خانوں میں بٹ گیا

دانشوروں کے چہرے پہ جو تھی پڑی ہوئی
اک بچہ اس نقاب کو پل میں پلٹ گیا

जिधर भी देखें उधर नफ़रतों के साये हैं
ख़ुद अपने घर में लगे जैसे हम पराये हैं।

तुम्हारी आँख में छाया है वहशतों का ग़ुबार
तुम्हें ख़बर भी नहीं किस ने घर जलाये हैं।

लबों पे जंग की बातें हैं किस लिए उनके
सदा ही प्यार के नग़्मे जिन्होंने गाये हैं।

नज़ारे देख के पथरा गयी हैं आँखें भी
किसी भी आँख ने आँसू नहीं बहाये हैं।

जो ख़ार होते तो पहलू में चुभ गये होते
यहाँ तो फूल से चेहरों से ज़ख़्म खाये हैं।

جدھر بھی دیکھیں اُدھر نفرتوں کے سائے ہیں
خود اپنے گھر میں لگے جیسے ہم پرائے ہیں

تمہاری آنکھ میں چھایا ہے وحشتوں کا غبار
تمہیں خبر بھی نہیں کس نے گھر جلائے ہیں

لبوں پہ جنگ کی باتیں ہیں کس لیے اُن کے
صدا ہی پیار کے نغمے جنھوں نے گائے ہیں

نظارے دیکھ کے پتھرا گئی ہیں آنکھیں بھی
کسی بھی آنکھ نے آنسو نہیں بہائے ہیں

جو خار ہوتے تو پہلو میں چبھ گئے ہوتے
یہاں تو پھول سے چہروں سے زخم کھائے ہیں

तेरे ही दर्द को सीने में जिया है मैंने
बार-बार अपने ही होठों को सिया है मैंने।

होंठ कुछ कहते तो रुसूवा तेरी चाहत होती
इसलिए ज़हूर ज़लालत का पिया है मैंने।

ठोकरें खाईं हैं, तोहूमत भी उठायी है यहाँ
तेरा इल्ज़ाम भी सर अपने लिया है मैंने।

कर्बे-तन्हाई कभी और कभी रुसूवाई
यूँ भी हालात से समझौता किया है मैंने।

अब तो लौटा, मेरी ख़ुशियाँ, दिन-रात मुझे
ज़िन्दगी तुझको बड़ा क़र्ज़ दिया है मैंने।

تیرے ہی درد کو سینے میں جیا ہے میں نے
بار بار اپنے ہی ہونٹوں کو سیا ہے میں نے

ہونٹ کچھ کہتے تو رُسوا تری چاہت ہوتی
اس لیے زہر ضلالت کا پیا ہے میں نے

ٹھوکریں کھائیں ہیں تہمت بھی اُٹھائی ہے یہاں
تیرا الزام بھی سر اپنے لیا ہے میں نے

کربِ تنہائی کبھی اور کبھی رسوائی۔!
یوں بھی حالات سے سمجھوتا کیا ہے میں نے

اب تو لوٹا مری خوشیاں، مرے سکھ کے دن رات
زندگی تجھ کو بڑا قرض دیا ہے میں نے

बिछड़े हुओं की याद में दिल डूबने लगे
पत्ता अगर शजर से कोई टूटने लगे।

तेरे क़रीब आये तो महसूस ये हुआ
रिश्ते तमाम उम्र के सब टूटने लगे।

आये कभी तो ऐसा भी मंज़र बहार का
थम जाये आसमान ज़मीं झूमने लगे।

फिर ख़्वाहिशें जवान हुईं तेरे क़ुर्ब की
कोई सितारा चाँद को जब चूमने लगे।

है जिस्म मेरे साथ मगर दिल है और सिम्त
जो मेरा साथ पाके भी तुम ऊबने लगे।

بچھڑے ہوؤں کی یاد میں دل ڈوبنے لگے
پتّا اگر شجر سے کوئی ٹوٹنے لگے

تیرے قریب آئے تو محسوس یہ ہوا
رشتے تمام عمر کے سب ٹوٹنے لگے

آئے کبھی تو ایسا بھی منظر بہار کا
تھم جائے آسمان زمیں جھومنے لگے

پھر خواہشیں جوان ہوئیں تیرے قُرب کی
کوئی ستارہ چاند کو جب چومنے لگے

ہے جسم میرے ساتھ مگر دل ہے اور سمت
جو میرا ساتھ پاکے بھی تم اُوبنے لگے

'राजीव जी की याद में'

वो आसमां की तरह से ऊँचा ज़रूर था
लेकिन नज़र में फ़ख़्र न दिल में ग़रूर था।

सूरज नहीं था फिर भी वो सूरज से कम न था
वो शख़्स अपने अह्द की आँखों का नूर था।

हर दिल को उसने प्यार, मुहब्बत से भर दिया
वो नफ़रतों की आँच से भी दूर-दूर था।

कहने को कितनी तोहमतें उस पर लगीं मगर
उसका कुसूर ये था कि वो बेकुसूर था।

आती थी गुफ़्तगू से तजरबात की महक
गो उम्र कम थी उसकी मगर बाशऊर था।

'راجیو جی کی یاد میں'

وہ آسماں کی طرح سے اُونچا ضرور تھا
لیکن نظر میں فخر نہ دل میں غرور تھا

سورج نہیں تھا پھر بھی وہ سورج سے کم نہ تھا
وہ شخص اپنے عہد کی آنکھوں کا نور تھا

ہر دل کو اس نے پیار محبت سے بھر دیا
وہ نفرتوں کی آنچ سے بھی دور دور تھا

کہنے کو کتنی تہمتیں اُس پر لگیں مگر!
اس کا قصور یہ تھا کہ وہ بے قصور تھا

آتی تھی گفتگو سے تجربات کی مہک
گو عمر کم تھی اُس کی مگر باشعور تھا

ये किसका दर्द है जिसने मुझे जगाया है
ये आधी रात गये कौन मिलने आया है।

वो मेरा कौन है जिसकी मुझे ख़बर ही नहीं
क़दम-क़दम पे मुझे जिसने आज़माया है।

फ़रेब अपनों ने इतने दिये कि कहते क्या
मैं डर रही हूँ उसी से जो मेरा साया है।

ख़ुशी के बाद ग़मों का सफ़र भी आता है
यही तो सोच के उसने मुझे हँसाया है।

ख़याल ग़ैर का आता तो किस तरह आता
ख़ुदा ने मुझको तो तेरे लिए बनाया है।

یہ کس کا درد ہے جس نے مجھے جگایا ہے
یہ آدھی رات گئے کون ملنے آیا ہے

وہ میرا کون ہے جس کی مجھے خبر ہی نہیں
قدم قدم پہ مجھے جس نے آزمایا ہے

فریب اپنوں نے اتنے دیے کہ کہتے کیا
میں ڈر رہی ہوں اُسی سے جو میرا سایہ ہے

خوشی کے بعد غموں کا سفر بھی آتا ہے
یہی تو سوچ کے اُس نے مجھے ہنسایا ہے

خیال غیر کا آتا تو کس طرح آتا
خدا نے مجھ کو تو تیرے لیے بنایا ہے

मत पोंछो आँखों के आँसू
मेरी अमानत मेरे आँसू।

सहरा-सहरा साथ में चलते
उसके पाँव और मेरे आँसू।

उसको पत्थर क्यूँ लगते हैं
मोती जैसे मेरे आँसू।

किस रिश्ते की ख़ातिर बहते
तेरे दुख में मेरे आँसू।

ये मंज़र भी क्या मंज़र है
हँसती आँखें बहते आँसू।

مت پونچھو آنکھوں کے آنسو
میری امانت میرے آنسو

صحرا صحرا ساتھ ہیں چلتے
اُس کے پاؤں اور میرے آنسو

اُس کو پتھر کیوں لگتے ہیں
موتی جیسے میرے آنسو

کس رشتے کی خاطر بہتے
میرے دُکھ میں میرے آنسو

یہ منظر بھی کیا منظر ہے
ہنستی آنکھیں، بہتے آنسو

आँख है उसकी और आँसू मेरे
यूँ भी आबाद हैं पहलू मेरे।

साथ देती तो कहाँ तक देती
काटकर ले गया बाज़ू मेरे।

मेरी हर बात से महरूम रहा
उसने देखे कहाँ जादू मेरे।

शाम जितनी भी घनी होती है
फैलते जाते हैं–गेसू मेरे।

रौशनी तेरी भला क्या देखूँ
मेरे दामन में हैं–जुगनू मेरे।

बस्ती-बस्ती में भटकते देखे।
कितने नादान हैं साधू मेरे ॥

آنکھ ہے اس کی اور آنسو میرے
یوں بھی آباد ہیں پہلو میرے

ساتھ دیتی تو کہاں تک دیتی
کاٹ کر لے گیا بازو میرے

میری ہر بات سے محروم رہا
اس نے دیکھے کہاں جادو میرے

شام جتنی بھی گھنی ہوتی ہے
پھیلتے جاتے ہیں گیسو میرے

روشنی تیری بھلا کیا دیکھوں
میرے دامن میں ہیں جگنو میرے

بستی بستی میں بھٹکتے دیکھے
کتنے نادان ہیں سادھو میرے

हमारे शहर का मौसम कहाँ बदलता है
कोई भी रुत हो मगर रोम-रोम जलता है।

मैं अपने ग़म की कहानी किसे बयान करूँ
अब अपनी आँख से आँसू नहीं निकलता है।

जो शख़्स वक़्त की रफ़्तार को समझता है
वो आंधियों में भी रस्ता नहीं बदलता है।

कभी चट्टान की सूरत दिखायी देता है
कभी वो मोम की मानिन्द भी पिघलता है।

मेरे दुखों में, मेरी हर खुशी में शामिल है
नज़र न आये मगर साथ-साथ चलता है।

ہمارے شہر کا موسم کہاں بدلتا ہے
کوئی بھی رُت ہو مگر روم روم جلتا ہے

میں اپنے غم کی کہانی کسے بیان کروں
اب اپنی آنکھ سے آنسو نہیں نکلتا ہے

جو شخص وقت کی رفتار کو سمجھتا ہے
وہ آندھیوں میں بھی رستہ نہیں بدلتا ہے

کبھی چٹان کی صورت دکھائی دیتا ہے
کبھی وہ موم کی مانند بھی پگھلتا ہے

مرے دکھوں میں مری ہر خوشی میں شامل ہے
نظر نہ آئے مگر ساتھ ساتھ چلتا ہے

तेरा-मेरा सपना है
अब दुनिया से लड़ना है।

उन आँखों का ज़िक्र करें
कलकल बहता झरना है।

इस दुनिया में जीना तो
समझौता ही करना है।

तेज़ हवा से डरना क्या
गिरते-पड़ते चलना है।

मेरे जैसे तुम भी हो
क्या सुनना, क्या कहना है।

تیرا میرا سپنا ہے
اب دنیا سے لڑنا ہے

اُن آنکھوں کا ذکر کریں
کل کل بہتا جھرنا ہے

اس دنیا میں جینا تو
سمجھوتا ہی کرنا ہے

تیز ہوا سے ڈرنا کیا
گرتے پڑتے چلنا ہے

میرے جیسے تم بھی ہو
کیا سننا کیا کہنا ہے

न फ़लक पे, ना ज़मीं पर कोई अपना आशियाना
मगर अब भी आरज़ू है कहीं होता आशियाना।

कहाँ तुम हो और कहाँ मैं, कहाँ अब वो मरहले हैं
कहाँ वादे-क़समें अपनी, कहाँ अपना आशियाना।

जो न ये दरीचे होते तो न होती ऐसी उलझन
किसी शाख़े-गुल पे होता कहीं अपना आशियाना।

जो न ये उड़ान होती तो जहान अपना होता
तेरे दिल के पास होता मेरे दिल का आशियाना।

यहीं जुस्तजू भी होती यहीं जिन्दगी से मिलते
इन्हीं परबतों पे होता मेरा-तेरा आशियाना।

نہ فلک، پہ نہ زمیں پر کوئی اپنا آشیانہ
مگر اب بھی آرزو ہے کہیں ہوتا آشیانہ

کہاں تم ہو اور کہاں میں، کہاں اب وہ مرحلے ہیں
کہاں وعدے قسمیں اپنی کہاں اپنا آشیانہ

جو نہ یہ دریچے ہوتے، تو نہ ہوتی ایسی اُلجھن
کسی شاخِ گل پہ ہوتا کہیں اپنا آشیانہ

جو نہ یہ اُڑان ہوتی تو جہان اپنا ہوتا
ترے دل کے پاس ہوتا مرے دل کا آشیانہ

یہیں جستجو بھی ہوتی، یہیں زندگی سے ملتے
انھیں پربتوں پہ ہوتا مرا تیرا آشیانہ

मैं टूटे-फूटे लफ़्ज़ लेके तेरे पास आ गयी
तेरी दुआएँ साथ थीं तो महफिलों पे छा गयी।

जो रास्ते की धूल थे वही तो मेरे फूल थे
ये एक राज़ था जिसे मैं मंज़िलों पे पा गयी।

युँ नफ़रतों की आग को अब और तो हवा न दे
तुझे ख़बर नहीं कि ये कई नगर जला गयी।

जुदाइयों के मोड़ पे अकेली सोचती हूँ मैं
वो जो बहुत क़रीब था उसी से मात खा गयी।

मैं वो दरख़्त जिसमें कोई फूल थे, न छाँव थी
थी कौन-सी वो बात जो तेरी नज़र को भा गयी।

میں ٹوٹے پھوٹے لفظ لے کے تیرے پاس آگئی
تری دعائیں ساتھ تھیں تو محفلوں پہ چھا گئی

جو راستے کی دھول تھے وہی تو میرے پھول تھے
یہ ایک راز تھا جسے میں منزلوں پہ پا گئی

یوں نفرتوں کی آگ کو اب اور تو ہوا نہ دے
تجھے خبر نہیں کہ یہ کئی نگر جلا گئی

جدائیوں کے موڑ پہ اکیلی سوچتی ہوں میں
وہ جو بہت قریب تھا اُسی سے مات کھا گئی

میں وہ درخت جس میں کوئی پھول تھے نہ چھاؤں تھی
تھی کون سی وہ بات جو تری نظر کو بھا گئی

सोचें कि क्यूँ बदल गयी फ़ितरत बहार की
बढ़ने लगी जो दुश्मनी फूलों से ख़ार की।

कितने क़रीब आज लगे दोस्त की तरह
होने लगी है कम जो वफ़ा मेरे यार की।

सब के सफ़ीने बच गये मौजों की मार से
मेरी ही नाव पर थी नज़र तेज़ धार की।

जो फूल खुशनुमा थे सभी ज़ख़्म बन गये
क्या-क्या नवाज़िशें हुईं मुझ पर बहार की।

दीन और धरमके नाम पे आपस में बट गये
क्या बात अब सुनायें हम अपने दयार की।

سوچیں کہ کیوں بدل گئی فطرت بہار کی
بڑھنے لگی جو دُشمنی پھولوں سے خار کی

کتنے رقیب آج لگے دوست کی طرح
ہونے لگی ہے کم جو وفا میرے یار کی

سب کے سفینے بچ گئے موجوں کی مار سے
میری ہی ناؤ پر تھی نظر تیز دھار کی

جو پھول خوش نما تھے سبھی زخم بن گئے
کیا کیا نوازشیں ہوئیں مجھ پر بہار کی

دین اور دھرم کے نام پہ آپس میں بٹ گئے
کیا بات اب سنائیں ہم اپنے دیار کی

ख़िज़ां का दौर है लेकिन बहार बनके रहो
जो बेक़रार हैं उनका क़रार बनके रहो।

तुम्हारे चाहने वालों की आरजू है यही
नज़र के सामने तुम ऐतबार बनके रहो।

ये धूप-छाँव का आलम कोई नया तो नहीं
कि जिस जगह भी रहो सबका प्यार बनके रहो।

तुम्हारी राह में काँटे कोई बिछाये अगर
तुम उसके वास्ते फूलों का हार बनके रहो।

जो पेड़ सूख गया है हरा-भरा होगा
रहो जो रेत में पानी की धार बनके रहो।

خزاں کا دور ہے لیکن بہار بن کے رہو
جو بے قرار ہیں ان کا قرار بن کے رہو

تمہارے چاہنے والوں کی آرزو ہے یہی
نظر کے سامنے تم اعتبار بن کے رہو

یہ دھوپ چھاؤں کا عالم کوئی نیا تو نہیں
کہ جس جگہ بھی رہو سب کا پیار بن کے رہو

تمہاری راہ میں کانٹے کوئی بچھائے اگر
تم اس کے واسطے پھولوں کا ہار بن کے رہو

جو پیڑ سوکھ گیا ہے ہرا بھرا ہوگا
رہو جو ریت میں پانی کی دھار بن کے رہو

दिलों से दूर हूँ लेकिन नज़र में रहती हूँ
मैं अजनबी की तरह अपने घर में रहती हूँ।

वो मेरा दोस्त है शिकवा करें तो कैसे करें
उसे ख़बर है कि अक्सर सफ़र में रहती हूँ।

मेरा नसीब कहाँ है कि तेरे साथ रहूँ
यही बहुत है कि तेरे नगर में रहती हूँ।

किनारे वाले मेरी ज़िन्दगी को क्या समझें
मैं एक मौज हूँ अक्सर भँवर में रहती हूँ।

मेरी तलाश बहारों में तुम नहीं करना
में अश्क बनके किसी चश्मे-तर में रहती हूँ।

دلوں سے دور ہوں لیکن نظر میں رہتی ہوں
میں اجنبی کی طرح اپنے گھر میں رہتی ہوں

وہ میرا دوست ہے شکوہ کرے تو کیسے کرے
اُسے خبر ہے کہ اکثر سفر میں رہتی ہوں

مرا نصیب کہاں ہے کہ تیرے ساتھ رہوں
یہی بہت ہے کہ تیرے نگر میں رہتی ہوں

کنارے والے مری زندگی کو کب سمجھے
میں ایک موج ہوں اکثر بھنور میں رہتی ہوں

مری تلاش بہاروں میں تم نہیں کرنا
میں اشک بن کے کسی چشمِ تر میں رہتی ہوں

मैंने जो तुझसे न मिलने की क़सम खाई है
क्या कहूँ तुझसे मेरी जान पे बन आयी है।

वो मेरा दोस्त था इक पल में जुदा कैसे हुआ
बात अब किससे कहूँ बात में रुसूवाई है।

दिल वो दरिया कि जिसे देखने वाला ही नहीं
कौन ये जान सका उसमें भी गहराई है।

जो हर इक गाम पे दीवार खड़ी करता है
वो कोई और नहीं वो भी मेरा भाई है।

ये तेरी याद है इस को न कोई रोक सका
दिल के आँगन में दबे पाँव चली आयी है।

میں نے جو تجھ سے نہ ملنے کی قسم کھائی ہے
کیا کہوں تجھ سے مری جان پہ بن آئی ہے

وہ مرا دوست تھا اک پل میں جدا کیسے ہوا
بات اب کس سے کہوں بات میں رسوائی ہے

دل وہ دریا کہ جسے دیکھنے والا ہی نہیں
کون یہ جان سکا اس میں بھی گہرائی ہے

جو ہر اک گام پہ دیوار کھڑی کرتا ہے
وہ کوئی اور نہیں وہ بھی مرا بھائی ہے

یہ تری یاد ہے اس کو نہ کوئی روک سکا
دل کے آنگن میں دبے پاؤں چلی آئی ہے

यूँ तो तुमने ज़हर पिया है फिर भी जी बहलाओ तो
मेरा दुख भी शामिल करना गीत अगर तुम गाओ तो।

इस नगरी के बादल हो तो सबकी प्यास बुझाना तुम
मेरी बूँद भी शामिल करना पानी जब बरसाओ तो।

मेरे मन के अँधियारे में तुम इक जोत जगा देना
इस दुनिया में प्यार का दीपक खोज अगर तुम पाओ तो।

यौवन के इस जंगल में तुम जाने कब तक भटकोगे
जीवन की अब शाम हुई है लौट के घर तुम आओ तो।

राम रहीम में फ़र्क नहीं है बात समझ में आयेगी
मन का मन्दिर, दिल की मस्जिद पहले तुम बनवाओ तो।

یوں تو تم نے زہر پیا ہے پھر بھی جی بہلاؤ تو
میرا دُکھ بھی شامل کرنا گیت اگر تم گاؤ تو

اس نگری کے بادل ہو تو سب کی پیاس بجھانا تم
میری بوند بھی شامل کرنا پانی جب برساؤ تو

میرے من کے اندھیارے میں تم اک جوت جگا دینا
اس دنیا میں پیار کا دیپک کھوج اگر تم پاؤ تو

یوون کے اس جنگل میں تم جانے کب تک بھٹکوگے
جیون کی اب شام ہوئی ہے، لوٹ کے گھر تم آؤگے

رام رحیم میں فرق نہیں ہے بات سمجھ میں آئے گی
من کا مندر، دل کی مسجد پہلے تم بنواؤ تو

बात ऐसी है कि क्या बात बताऊँ उसको
दर्द ही दिल में उठा है तो छुपाऊँ उसको।

उसको पाकर भी ये सोचूँ कि गँवाऊँ उसको
मुझको डर है कि कहीं भूल न जाऊँ उसको।

बाँध के फूल की डोरी से उसे देख लिया
अब के सोचा है कि काँटों से सजाऊँ उसको।

दाग़ औरों के बहुत जिसको नज़र आते हैं
दिल में ख्वाहिश है कि आईना दिखाऊँ उसको।

ऐसी दीवार जो रिश्तों को भुला देती है
मेरे आँगन में उठी है तो गिराऊँ उसको।

بات ایسی ہے کہ کیا بات بتاؤں اُس کو
درد ہی دل میں اُٹھا ہے تو چھپاؤں اُس کو

اس کو پاکر بھی یہ سوچوں کہ گنواؤں اُس کو
مجھ کو ڈر ہے کہ کہیں بھول نہ جاؤں اُس کو

باندھ کے پھول کی ڈوری سے اُسے دیکھ لیا
اب کے سوچا ہے کہ کانٹوں سے سجاؤں اُس کو

داغ اوروں کے بہت جس کو نظر آتے ہیں
دل میں خواہش ہے کہ آئینہ دکھاؤں اُس کو

ایسی دیوار جو رشتوں کو بھلا دیتی ہے
میرے آنگن میں اُٹھی ہے تو گراؤں اُس کو

मज़हब के नाम पर जो कई घर जला दिये
रौशन थे जो चराग़ वो पल में बुझा दिये।

सदियों से जो बुने थे वो माथे के फूल थे
नफ़रत की आँधियों ने वो नक़्शे मिटा दिये।

जो पाठ दोस्ती के थे हमने पढ़ाये थे
ये क्या हुआ कि आज वो पल में भुला दिये।

उसको वफ़ा का नाम अगर दें तो किस तरह
जो दाग़ थे छुपाने के सबको दिखा दिये।

क्या ये भी इक गुनाह हमारा था दोस्तो
फूलों के साथ हमने जो काँटे सजा दिये।

مذہب کے نام پر جو کئی گھر جلا دیے
روشن تھے جو چراغ وہ پل میں بجھا دیے

صدیوں سے جو بنے تھے، وہ ماتھے کے پھول تھے
نفرت کی آندھیوں نے وہ نقشے مٹا دیے

جو پاٹھ دوستی کے تھے، ہم نے پڑھائے تھے
یہ کیا ہوا کہ آج وہ پل میں بھلا دیے

اس کو وفا کا نام اگر دیں تو کس طرح
جو داغ تھے چھپانے کے سب کو دکھا دیے

کیا یہ بھی اک گناہ ہمارا تھا دوستو!
پھولوں کے ساتھ ہم نے جو کانٹے سجا دیے

ख़िराजे अक़ीदत 'इन्दिरा गाँधी'

कैसे-कैसे लोग कहें क्या इस साज़िश में शामिल थे
उसके मुहाफिज़ उसके निगहबाँ ही तो उसके क़ातिल थे।

उसकी सोच का वो फैलाव, कोई कभी न देख सका
हद्दे-नज़र से भी आगे तक इस दरिया के साहिल थे।

औरों के दुख-दर्द की ख़ातिर अपना सब कुछ तज डाला
इशरत के सामान सभी कुछ जबकि उसको हासिल थे।

उसके लहू का इक-इक क़तरा देश की ख़ातिर अर्पण था
क़ुरबानी के इस जज़्बे से लेकिन दुश्मन ग़ाफ़िल थे।

नया सवेरा ले आयी तो देस बहुत ख़ुशहाल हुआ
इस धरती के माथे पर लहराते धानी आँचल थे।

दिन उन्नीस नवम्बर का हर साल बहुत याद आयेगा
जो मोती क़ुदरत ने बख़्शा क्या हम उसके क़ाबिल थे।

خراجِ عقیدت 'اندرا گاندھی'

کیسے کیسے لوگ کہیں کیا اس سازش میں شامل تھے
اس کے محافظ، اس کے نگہباں ہی تو اس کے قاتل تھے

اس کی سوچ کا وہ پھیلاؤ کوئی کبھی نہ دیکھ سکا
حدِّ نظر سے بھی آگے تک اس دریا کے ساحل تھے

اوروں کے دُکھ درد کی خاطر اپنا سب کچھ تج ڈالا
عشرت کے سامان سبھی کچھ جب کہ اس کو حاصل تھے

اُس کے لہو کا اک اک قطرہ دیش کی خاطر ارپن تھا
قربانی کے اس جذبے سے لیکن دُشمن غافل تھے

نیا سویرا لے آئی تو دیش بہت خوش حال ہوا
اس دھرتی کے ماتھے پہ لہراتے دھانی آنچل تھے

دن ۱۹رنومبر کا ہرسال بہت یاد آئے گا
جو موتی قدرت نے بخشا کیا ہم اس کے قابل تھے

क .लम उठाया तो मैंने सुकून पाया है
जो दिल में दर्द छुपा है उसी को गाया है।

दुआ में हाथ उठे भी तो बस उसी के लिए
कि जिसने मुद्दतों मुझको बहुत रुलाया है।

ये हौसला भी मुझे तेरी दोस्ती ने दिया
हवाएँ तेज़ हैं फिर भी दिया जलाया है।

वो जिसकी गोद में पायी थी ज़िन्दगी मैंने
अभी तलक उसी आँचल का सरपे साया है।

इक उम्र बाद जो आँखें खुलीं तो ये देखा
मैं जिसको अपना समझती थी वो पराया है।

قلم اُٹھایا تو میں نے سکون پایا ہے
جو دل میں درد چھپا ہے اسی کو گایا ہے

دعا میں ہاتھ اُٹھے بھی تو بس اُسی کے لیے
کہ جس نے مدتوں مجھ کو بہت ستایا ہے

یہ حوصلہ بھی مجھے تیری دوستی نے دیا
ہوائیں تیز ہیں پھر بھی دیا جلایا ہے

وہ جس کی گود میں پائی تھی زندگی میں نے
ابھی تلک اسی آنچل کا سر پہ سایہ ہے

اک عمر بعد جو آنکھیں کھلیں تو یہ دیکھا
میں جس کو اپنا سمجھتی تھی وہ پرایا ہے

जीवन में कुछ करना है तो समझौता कुछ करना भी
माना तुम पत्थर हो लेकिन शीशों से कुछ डरना भी।

मेरे मसीहा! मैंने तुझको अपना सब कुछ जाना है
मुद्दत से इक ज़ख़्म है दिल में जी चाहे तो भरना भी।

जीवन के अंजान सफ़र में वो लम्हा भी आयेगा
एक लम्हे में जीना होगा, इक लम्हे में मरना भी।

यहाँ की मिट्टी वो मिट्टी है क़दम-क़दम जो डसती है
सोच-समझकर इस बस्ती में अपने पाँव को धरना भी।

तेरे ध्यान की कश्ती है, ना चाँद है तेरी यादों का
और ऐसे हालात में मुझको दरिया पार उतरना भी।

جیون میں کچھ کرنا ہے تو سمجھوتا کچھ کرنا بھی
مانا تم پتھر ہو لیکن شیشوں سے کچھ ڈرنا بھی

میرے مسیحا میں نے تجھ کو اپنا سب کچھ جانا ہے
مدت سے اک زخم ہے دل میں جی چاہے تو بھرنا بھی

جیون کے انجان سفر میں وہ لمحہ بھی آئے گا
اک لمحے میں جینا ہوگا اک لمحے میں مرنا بھی

یہاں کی مٹی وہ مٹی ہے قدم قدم جو ڈستی ہے
سوچ سمجھ کے اس بستی میں اپنے پاؤں کو دھرنا بھی

تیرے دھیان کی کشتی ہے، نہ چاند ہے تیری یادوں کا
اور ایسے حالات میں مجھ کو دریا پار اُترنا بھی

देख समन्दर यूँ भी अपनी बात कहाँ बतलायेगा
साहिल पर आकर ये पानी अपना सर टकरायेगा।

मेरी आँखें देख रही हैं हरे-भरे खेतों के ख़्वाब
मेरी बस्ती पर ये बादल कब पानी बरसायेगा।

मेरी ज़ात के अन्दर लोगो! कुछ काले आसेब भी हैं
देख के मेरी परछाई को सूरज भी डर जायेगा।

तुझ बिन कैसे रातें गुज़रीं तुझको कुछ मालूम नहीं
झूठे-वादों से, सपनों से कब तक तू बहलायेगा।

मन का चैन गवाँ बैठेगा, पूरी न होगी चाह कोई
अपनी चादर से ज़्यादा जब पैरों को फैलायेगा।

دیکھ سمندر یوں بھی اپنی بات کہاں بتلائے گا
ساحل پر آکر یہ پانی اپنا سر ٹکرائے گا

میری آنکھیں دیکھ رہی ہیں ہرے بھرے کھیتوں کے خواب
میری بستی پر یہ بادل کب پانی برسائے گا

میری ذات کے اندر لوگو کچھ کالے آسیب بھی ہیں
دیکھ کے میری پرچھائیں کو سورج بھی ڈر جائے گا

تجھ بن کیسے راتیں گزریں تجھ کو کچھ معلوم بھی ہے
جھوٹے وعدوں سے، سپنوں سے کب تک تو بہلائے گا

من کا چین گنوا بیٹھے گا پوری نہ ہوگی چاہ کوئی
اپنی چادر سے زیادہ جب پیروں کو پھیلائے گا

क्या हरम, क्या दैर, इनमें दिल का दरमाँ भी नहीं
अब लिपटकर किससे रोयें, कोई दामाँ भी नहीं।

कुछ चले, चलकर रुके, ठहरे, मगर फिर चल पड़े
मंज़िलों को पा सकें अब इसका इम्कां भी नहीं।

ज़िन्दगी से तंग आकर मौत से माँगूँ पनाह
ज़िन्दगी तेरी क़सम आराम तो वाँ भी नहीं।

आज पैरों में पड़ी हालात की वो बेड़ियाँ
और इनसे बच निकलना इतना आसाँ भी नहीं।

کیا حرم کیا دَیر، ان میں دل کا درماں بھی نہیں
اب لپٹ کر کس سے روئیں کوئی داماں بھی نہیں

کچھ چلے، چل کر رُکے، ٹھہرے، مگر پھر چل پڑے
منزلوں کو پا سکیں اب اس کا امکاں بھی نہیں

زندگی سے تنگ آ کر موت سے مانگوں پناہ
زندگی تیری قسم آرام تو واں بھی نہیں

آج پیروں میں پڑیں حالات کی وہ بیڑیاں
اور ان سے بچ نکلنا اتنا آساں بھی نہیں

जब भी जाती है जहाँ तक ये नज़र जाती है
तेरी यादों की ही तस्वीर नज़र आती है।

ऐसे नादाँ न बनो तेज़ क़दम यूँ न चलो
मुझको हर गाम पे दुनिया यही समझाती है।

उसको भूलूं कि सदा याद करें हम उसको
ज़िन्दगी ऐसे सवालात पे उलझाती है।

धूप हो, छाँव हो, बरसात हो या पतझड़ हो
कोई मौसम हो तेरी याद चली आती है।

फूल ही फूल ख़यालों में सजे़ हैं लेकिन
कैसी उलझन है मुझे नींद नहीं आती है।

جب بھی جاتی ہے جہاں تک یہ نظر جاتی ہے
تیری یادوں کی ہی تصویر نظر آتی ہے

ایسے ناداں نہ بنو تیز قدم یوں نہ چلو
مجھ کو ہرگام پہ دنیا یہی سمجھاتی ہے

اس کو بھولیں کہ سدا یاد کریں ہم اس کو
زندگی ایسے سوالات پہ اُلجھاتی ہے

دھوپ ہو، چھاؤں ہو، برسات ہو یا پت جھڑ ہو
کوئی موسم ہو تری یاد چلی آتی ہے

پھول ہی پھول خیالوں میں سجے ہیں لیکن
کیسی اُلجھن ہے مجھے نیند نہیں آتی ہے

क्यूँ मेरे प्यार में पहली-सी वो शिद्दत न रही
क्यूँ तेरी बाँहों में पहले-सी वो लज़्ज़त न रही।

मेरे गुलशन को हुआ क्या है कि अब तेरे बग़ैर
फूल खिलते हैं मगर फूलों में रंगत न रही।

ज़िन्दगी अब तो जहन्नुम से भी बदतर ही लगे
मेरी तक़दीर में शायद तेरी जन्नत न रही।

मेरे होने से है तू और तेरे होने से हूँ मैं
मेरी इज़्ज़त न रही गर तेरी इज़्ज़त न रही।

और भी लोग तेरे चाहने वाले हैं बहुत
तू फ़क़त मेरा रहे ये मेरी क़िस्मत न रही।

کیوں مرے پیار میں پہلی سی وہ شدت نہ رہی
کیوں تری بانہوں میں پہلے سی وہ لذت نہ رہی

میرے گلشن کو ہوا کیا ہے کہ اب تیرے بغیر
پھول کھلتے ہیں مگر پھولوں میں رنگت نہ رہی

زندگی اب تو جہنم سے بھی بدتر ہی لگے
میری تقدیر میں شاید تری جنت نہ رہی

میرے ہونے سے ہے تو اور تیرے ہونے سے ہوں میں
میری عزت نہ رہی گر تری عزت نہ رہی

اور بھی لوگ ترے چاہنے والے ہیں بہت
تو فقط میرا رہے یہ مری قسمت نہ رہی

तेरे ख़याल की परछाइयाँ मिली हैं मुझे
ग़ज़ल में और भी राअनाइयाँ मिली हैं मुझे।

ये कैसी भीड़ है जिसमें नहीं कोई अपना
यहाँ तो और भी तन्हाइयाँ मिली हैं मुझे।

हवा की तरह मेरे साथ हैं लिपट न सकूँ
क़रीब रह के भी क्या दूरियाँ मिली हैं मुझे।

मैं इक पतंग खुले आसमाँ में उड़ती हूँ
ये कैसी डोर की मजबूरियाँ मिली हैं मुझे।

ज़रा सँभल के उतरना कि मैं वो दरिया हूँ
किनारे-आब गहराइयाँ मिली हैं मुझे।

ترے خیال کی پرچھائیاں ملی ہیں مجھے
غزل میں اور بھی رعنائیاں ملی ہیں مجھے

یہ کیسی بھیڑ ہے جس میں نہیں کوئی اپنا
یہاں تو اور بھی تنہائیاں ملی ہیں مجھے

ہوا کی طرح مرے ساتھ ہیں لپٹ نہ سکوں
قریب رہ کے بھی کیا دوریاں ملی ہیں مجھے

میں اک پتنگ، کھلے آسماں میں اُڑتی ہوں
یہ کیسی ڈور کی مجبوریاں ملی ہیں مجھے

ذرا سنبھل کے اُترنا کہ میں وہ دریا ہوں
کنارِ آب بھی گہرائیاں ملی ہیں مجھے

बहुत दिनों से मिले हैं अजब इनायत की
ये लब हिले भी नहीं आपसे शिकायत की।

जो सर पे धूप पड़ी तो बिछड़ गया मुझसे
मेरे ही साये ने मुझसे बड़ी अदावत की।

ये मेरे खेत जो सूखे हैं बेसबब ही नहीं
हवा ने अब्र से मिलकर बड़ी शरारत की।

चटान हो के भी बिखरें हैं रेत की मानिन्द
हमारे ख़ून ने हमसे ही ख़ुद बग़ावत की।

रहे-विसाल में ढूँढ़ें विसाल के मोती
कोई निभा भी सका रस्म यूँ मोहब्बत की।

بہت دنوں سے ملے ہیں عجب عنایت کی
یہ لب ہلے بھی نہیں آپ سے شکایت کی

جو سر پہ دھوپ پڑی تو بچھڑ گیا مجھ سے
مرے ہی سائے نے مجھ سے بڑی عداوت کی

یہ میرے کھیت جو سوکھے ہیں بے سبب ہی نہیں
ہوا نے ابر سے مل کر بڑی شرارت کی

چٹان ہو کے بھی بکھرے ہیں ریت کی مانند
ہمارے خون نے ہم سے ہی خود بغاوت کی

رہِ وصال میں ڈھونڈیں وصال کے موتی
کوئی نبھا بھی سکا رسم یوں محبت کی!

तेरा-मेरा शीशे का घर मैं भी सोचूँ तू भी सोच
दोनों के है हाथ में पत्थर मैं भी सोचूँ तू भी सोच।

हैं जितने ये इबादतख़ाने अपने देश की अज़मत हैं
मन्दिर-मस्जिद और गिरजाघर मैं भी सोचूँ तू भी सोच।

हँसते बसते बस्ती के घर कभी न अब ये जल पायें
करें हिफ़ाज़त फ़र्ज़ समझकर मैं भी सोचूँ तू भी सोच।

धर्म-सियासत की दीवारें बाँट न पायें हम सबको
मिलके रहें सब एक बराबर मैं भी सोचूँ तू भी सोच।

अपनी मिट्टी, अपना गुलशन अपनी नदियाँ अपने खेत
रिज़्क मिले सबको दामन भर मैं भी सोचूँ तूभी सोच।

تیرا میرا شیشے کا گھر میں بھی سوچوں تو بھی سوچ
دونوں کے ہے ہاتھ میں پتھر میں بھی سوچوں تو بھی سوچ

ہیں جتنے یہ عبادت خانے اپنے دیش کی عظمت ہیں
مندر، مسجد اور گرجا گھر، میں بھی سوچوں تو بھی سوچ

ہنستے بستے بستی کے گھر کبھی نہ اب یہ جل پائیں
کریں حفاظت فرض سمجھ کر میں بھی سوچوں تو بھی سوچ

دھرم سیاست کی دیواریں بانٹ نہ پائیں ہم سب کو
مل کے رہیں سب ایک برابر، میں بھی سوچوں تو بھی سوچ

اپنی مٹی اپنا گلشن اپنی ندیاں اپنے کھیت
رزق ملے سب کو دامن بھر، میں بھی سوچوں تو بھی سوچ

गुलशन में रहके तरसे हैं हम तो बहार को
इस वास्ते गले से लगाया है ख़ार को।

आसान ये सफ़र नहीं कुछ उलझनें भी हैं
देखूँ मैं कारवाँ को कि देखूँ ग़ुबार को।

इक उम्र तुमने राह में काँटे बिछाये हैं
अब किस लिये सजाते हो मेरे मज़ार को।

ख़्वाबों को ज़िन्दगी की हक़ीक़त न मिल सकी
समझाऊँ किस तरह से दिले-बेक़रार को।

कश्ती के डूब जाने में उनकी ख़ता भी थी
इल्ज़ाम दे रहे हैं जो परवरदिगार को।

گلشن میں رہ کے ترسے ہیں ہم تو بہار کو
اس واسطے گلے سے لگایا ہے خار کو

آسان یہ سفر نہیں کچھ اُلجھنیں بھی ہیں
دیکھوں میں کارواں کو کہ دیکھوں غبار کو

اک عمر، تم نے راہ میں کانٹے بچھائے ہیں
اب کس لیے سجاتے ہو میرے مزار کو

خوابوں کو زندگی کی حقیقت نہ مل سکی
سمجھاؤں کس طرح سے دلِ بے قرار کو

کشتی کے ڈوب جانے میں اُن کی خطا بھی تھی
الزام دے رہے ہیں جو پروردگار ___ کو

●●●

تعارف

ڈاکٹر گرجا ویاس کی شخصیت ہمہ جہت پہلوؤں کی حامل ہے۔ وہ ایک بڑی سیاست داں اور سماجی کارکن ہی نہیں بلکہ وہ ایک ماہر تعلیم اور حساس شاعرہ اور ادیبہ بھی ہیں۔ مرکزی اور صوبائی حکومتوں کے بڑے عہدوں پر فائز ہونے کے باوجود زمین سے ان کا رشتہ آج بھی استوار ہے۔ اسی لیے سیاسی اور سماجی ذمہ داریوں کو بہ حسن وخوبی نباہتے ہوئے انھوں نے آٹھ کتابیں بھی تصنیف کی ہیں۔ اتنی مصروفیت اور متضاد ماحول میں زندگی جینے کے باوجود آٹھ کتابیں تصنیف کرنا کوئی معمولی بات اور آسان کام نہیں ہے۔ ڈاکٹر گرجا ویاس کی عظمت میں یہ بات مزید اضافہ کرتی ہے کہ ان آٹھ کتابوں میں تین کتابوں کا تعلق شاعری سے ہے۔

ڈاکٹر گرجا ویاس ۸ رجولائی ۱۹۴۶ء کو جناب شری کرشن شرما اور محترمہ جمنا دیوی ویاس کے گھر اُدے پور راجستھان میں پیدا ہوئیں۔ ان کی تعلیم وتربیت ادے پور میں ہوئی جہاں سے انھوں نے فلسفہ میں ایم اے اور پی ایچ۔ ڈی کی ڈگریاں حاصل کیں اور موہن لال سکھاڑیا یونیورسٹی میں بحیثیت لکچرر درس وتدریس کے فرائض انجام دیے۔ اس سے اس بات کی بخوبی اندازہ لگایا جاسکتا ہے کہ ڈاکٹر صاحبہ نے اپنی سیاسی عمارت کی تعمیر مضبوط علمی بنیادوں پر رکھی ہے۔

ڈاکٹر گرجا ویاس صوبائی اور مرکزی حکومتوں کی مختلف وزارتوں کو نہایت خوش اسلوبی سے سنبھالتی رہی ہیں۔ اپنے سیاسی کیریر کے آغاز میں ہی وہ حکومت راجستھان میں

پی۔ ڈبلیو۔ ڈی اور ٹورزم کی وزیر رہیں اور مرکزی حکومت میں شہری ترقیات اور اطلاعات و نشریات کی وزیر کی حیثیت سے انھوں نے ملک کی جو خدمت کی ہے، اس سے ہم سب واقف ہیں۔ اس کے ساتھ ہی ڈاکٹر صاحبہ نے راجستھان کانگریس پارٹی کی صدر کی حیثیت سے پارٹی کو مضبوط کرنے میں بھی اہم رول ادا کیا ہے۔ ڈاکٹر گرجا ویاس مرکزی اور صوبائی حکومتوں کی وزارت اور پارٹی کے مختلف اور اہم عہدوں کو سنبھالنے کے ساتھ ساتھ قومی کمیشن برائے خواتین کی چیر پرسن بھی رہی ہیں اور مختلف وزارتوں کی کمیٹیوں کی ممبر کی حیثیت سے کارہائے نمایاں انجام دیے ہیں۔

ڈاکٹر گرجا ویاس کے تین شعری مجموعے 'آبشار'، 'احساس کے پر' اور 'سیپ سمندر موتی' شائع ہو چکے ہیں۔ وہ ایک حساس شاعرہ ہیں۔ ان کی شاعری ان کی سیاسی اور سماجی زندگی کے حاصل کردہ تجربوں اور مشاہدوں کا نچوڑ ہے۔ اسی لیے ان کی یہ شاعری ان کی شخصیت کو سمجھنے میں بھی معاون ہو سکتی ہے۔ وانی پرکاشن پہلی مرتبہ ان کے ایک شعری مجموعے ''رنگِ احساس'' کو اردو اور ہندی میں شائع کر رہا ہے۔ امید ہے کہ ہمارے قارئین کو یہ مجموعہ بھی پسند آئے گا۔

مہتاب حیدر نقوی

شعبۂ اردو، علی گڑھ مسلم یونیورسٹی

ڈاکٹر گرجا ویاس کی شاعری

(فن اور شخصیت کے آئینہ میں)

سرو قد، گندمی رنگ، چھریرہ بدن، غلافی آنکھیں، جاذب اور متین چہرہ، ظاہر و باطن سے مہذب اور ذہین، سراپا خلوص، فلسفہ کی لکچرار، سیاست میں تیز طرار، فطرتاً شاعر اور بلند پایہ سیاست داں ڈاکٹر گرجا ویاس کی ہمہ جہت شخصیت پر راجستھان کو بجا طور سے ناز ہے۔ ان کا تعلق جھیلوں کے حسین تاریخی شہر اودے پور سے ہے، جہاں انھوں نے بڑے نظم وضبط اور اعلیٰ ادبی ذوق وشوق کے ساتھ تعلیم حاصل کی اور بعدازاں وہیں فلسفہ کی معلّم ہوکر ادب اور سیاست کے افق پر اس طرح نمودار ہوئیں کہ ملک کے دانش وروں اور سنجیدہ ذہنوں پر چھاتی چلی گئیں۔

سیاست میں آنے کے باوجود محترمہ ویاس کا ہندوستان کی خواتین شعرا میں اپنا ایک منفرد مقام ہے۔ ان کا فنِ شعرگوئی تجربات کی شدت مطالعہ کی وسعت اور حساس طبیعت کی جولانیوں کو واضح کرتا ہے۔ وہ جو کچھ دیکھتی اور سوچتی ہیں، اس کا اظہار بڑے پُراثر پیرائے میں کرتی ہیں۔ اس طرح ان کی فکر اور مشاہدہ الفاظ وجذبات کی حسنِ ترتیب اور والہانہ انداز سے غزل میں جلوہ گر ہوتا ہے:

ترے خیال کی پرچھائیاں ملی ہیں مجھے
غزل میں اور بھی رعنائیاں ملی ہیں مجھے

جیسے شخصیت پر ماحول کے بڑے گہرے اثرات مرتب ہوتے ہیں، اسی طرح محترمہ ویاس کے گردوپیش کی معاشی، سماجی، سیاسی اور ادبی سرگرمیوں نے ان کے سیاسی شعور و شاعری اور شخصیت کو سنوارا اور نکھارا ہے۔ وہ آل انڈیا خواتین کانگریس کی صدر ہیں، اس سے پہلے ریاستی اور مرکزی وزیر تھیں۔ ان تمام مصروفیات کے باوجود انھیں فکر شعر بھی ہے اور وہ اپنے ہر عہدہ کی ذمہ داریوں اور فرائض کو خوش اسلوبی سے نبھاتے ہوئے شاعری بھی کر رہی ہیں۔

ٹی۔ ایس۔ ایلیٹ کے قول کے مطابق ''شاعر اپنی شخصیت کے بوجھ کو ہلکا کرنے کے لیے شعر کہتا ہے، وہ جب تک اپنے اندر کی کیفیات کو کسی پیمانے میں نہیں ڈھالتا۔ یہ کیفیات اس پر آسیب کی طرح سوار رہتی ہیں۔

ڈاکٹر گرجا ویاس کی اضطراری کیفیات میں کئی طرح کے درد وغم اور امید و یاس کے بہت سے رنگ شامل ہیں جنھیں وہ بہ زبانِ شاعر اس طرح ادا کرتی ہیں:

کنارے والے میری زندگی کو کیا سمجھے
میں ایک موج ہوں اکثر بھنور میں رہتی ہوں

......

شام جتنی بھی گھنی ہوتی ہے
پھیلتے جاتے ہیں گیسو میرے

اور غمِ فراق کی یہ میٹھی کسک کچھ اس طرح سے ان کے جذبات اور دل کے تاروں کو چھیڑتی ہے:

پھر خواہشیں جوان ہوئیں تیرے قرب کی
کوئی ستارہ چاند کو جب چومنے لگے

اس غمِ فراق کے باوجود غمِ دوراں کی یہ شدت بھی ان کیفیات میں شامل ہے:

مذہب کے نام پر جو کئی گھر جلا دیے
روشن تھے جو چراغ وہ پل میں بجھا دیے

مختلف غموں کی یہ آمیزش ان کی شاعری میں کیف و مستی اور شرابِ دو آتشہ کے سرور کی ایسی کیفیت پیدا کرتی ہے جس کے لیے غالب نے کہا تھا:

یک گونہ بے خودی مجھے دن رات چاہیے

غمِ جہاں اور غمِ جاناں کی اس بے خودی کے عالم میں وہ خود اپنے غم سے بے نیاز ہو کر ایک ایسے خواب میں کھو جاتی ہیں جو ہم سب کو زندہ رہنے کی ترغیب دیتا ہے:

آئے کبھی تو ایسا بھی عالم بہار کا
تھم جائے آسمان، زمیں جھومنے لگے

محترمہ ویاس سے میرا تعارف ڈاکٹر ثاقب رضوی کے توسط سے اس وقت ہوا تھا جب وہ اودے پور یونیورسٹی میں شعبۂ اردو کے ہیڈ اور محترمہ ویاس فلسفہ کی لکچرار تھیں۔ ان دنوں بھی ڈاکٹر ویاس کی 'باتوں' اور آنکھوں سے ان کے اندر کا تخلیق کار جھانکتا ہوا نظر آتا تھا۔ غالباً ۱۹۸۶ء جب رضوی صاحب راجستھان اردو اکیڈمی کے چیرمین منتخب ہوئے اور اکادمی کی نئی باڈی کی تشکیل ہوئی تو محترمہ ویاس اکادمی کی معزز رکن کی حیثیت سے اہم شاعر و ادیب ممبران کے ساتھ راجستھان میں اردو کی ترویج و اشاعت کے لیے ہمہ تن مصروف ہو گئیں۔ کانگریس کے دورِ حکومت میں انھیں ریاستی وزیر ٹورازم بنایا گیا تو وہ انتہائی مصروفیات کے باوجود اردو کی بہی خواہ اور راجستھان اردو اکادمی کی سرگرمیوں سے وابستہ رہیں اور جب وہ مرکز میں نائب وزیر اطلاعات و نشریات کے عہدے سے سرفراز ہوئیں اور دہلی گئیں تو انھوں نے نائب وزیر اطلاعات و نشریات کی حیثیت سے سترہ زبانوں میں نشر ہونے والے ''انسانی ارتقا'' (مانو وکاس) کے سائنسی پروگرام کو آکاش وانی بھوپال، لکھنؤ اور حیدرآباد سے نشر کرائے جانے کے منصوبے کو عملی جامہ پہنایا۔ سائنس کے اس دلچسپ پروگرام کو اردو میں پیش کرنے کے لیے محترمہ ویاس نے میرا انتخاب کیا اور اس طرح سائنس کے اس

دلچسپ طویل پروگرام (قسط وار) کی ابتدائی کڑیاں راقم الحروف نے بھوپال جاکر پروڈیوس کیں۔ حالاں کہ مرکزی وزیر کی حیثیت سے ان کی مصروفیات دن بہ دن بڑھتی رہیں مگر وہ ادبی سرگرمیوں سے وابستہ رہیں۔

ان کا تخلیقی سفر جاری رہا اور وہ مشاعروں، سمیناروں اور زبان وادب سے متعلق تقریبات میں شریک ہوتی رہیں۔ انھیں دنوں محترمہ ویاس کا مجموعۂ کلام ''سیپ سمندر موتی'' (ہندی اردو) منظرِ عام پر آیا جس کو ادبی حلقوں میں بھی کافی سراہا گیا۔

جہاں تک شاعر کی بنیادی خصوصیات کا تعلق ہے وہ طبعاً حساس، مہذب اور اخلاقی اور انسانی قدروں کا دل سے احترام کرتا ہے۔ محترمہ ویاس سیاست سے منسلک ہونے کے باوجود فطرتاً شاعر ہیں۔ ان کا نظریہ سیاست تعمیری رجحانات کا حامل اور دل وطنی خدمات سے معمور ہے، اس لیے انھیں اپنا ملک اپنے آبائی مذہب سے زیادہ عزیز ہے:

دین اور دھرم سب سے بڑا میرا وطن ہے
آنچ آئی اگر اس پہ تو سر میرا کٹے گا

حب الوطنی کے اس بے پناہ جذبے کے تحت انھیں ملک کے تقسیم ہونے کا بھی شدید احساس ہے۔ وہ ملک کی سالمیت کو ضرر پہنچانے والے وطن دشمن عناصر سے نالاں وشاکی اپنے قومی وقار وعظمت پر آنچ آتے ہوئے نہیں دیکھ سکتیں اور مذہب کی آڑ میں ہونے والی ہر اس تباہی وتخریب کاری کو شدت سے محسوس کرتی ہیں جو ملک کے تاریخی کردار یا کسی فرقے (اقلیت) کے جذبات کو مجروح کرے:

دیوار و در کو ڈھانا فقط حادثہ نہیں
لیکن مجھے لگا مرا بازو ہی کٹ گیا

شدتِ احساس کی یہ فراوانی انھیں ورثہ میں ملی ہے جو بچپن سے ان کے مزاج میں رچی بسی ہے۔ ان کی ذہنی تربیت اتحاد واتفاق کے خوش گوار ماحول میں ہوئی ہے اس لیے اگر کہا جائے تو بے جا نہ ہوگا کہ ڈاکٹر گرجا ویاس کی شخصیت گنگا جمنی تہذیب کا بہترین سنگم ہے۔ یہی

وجہ ہے کہ وہ جب بھی صدیوں پرانے ہندو مسلم اتحاد کو ضرر پہنچتے ہوئے دیکھتی ہیں تو سازشی ذہنوں کو اس طرح مطعون کرتی ہیں:

کچھ لوگوں کی سازش کی بدولت جو ملا ہو
دامن پہ لگا داغ وہ برسوں میں مٹے گا

وہ دلوں کے درمیان اُٹھتی ہوئی نفرت کی دیواروں کو گرانا چاہتی ہیں اور ان نام نہاد سیاسی رہنماؤں کی سازشوں پر تلملاتی ہیں جو انسانی رشتوں میں زہر گھولتے اور یہاں کے عوام کو تفریق کے خانوں میں بانٹ کر ایک دوسرے کے درمیان نفرت کی دیوار اُٹھا رہے ہیں:

ایسی دیوار جو رشتوں کو بھلا دیتی ہے
میرے آنگن میں اُٹھی ہے تو گراؤں کیسے
دین اور دھرم کے نام پہ خانوں میں بٹ گئے
کیا بات اب سنائیں ہم اپنے دیار کی

دراصل انسانیت کی بنیاد پر قائم انسان سے بے لوث محبت کی اس کسک نے محترمہ ویاس کی شاعرانہ فکر کو جو تابانیاں عطا کی ہیں وہ تلوار کی سی دھار کی طرح کام کرتی ہوئی ان کی شاعری کے جوہر کو نمایاں کرتی ہیں۔ یہی وجہ ہے کہ ان کی غزلوں میں ایک میٹھی سی کسک تنہائی کا گداز اور ہجر کے سلگتے ہوئے غم کی دھیمی دھیمی آنچ ہے:

دعا میں ہاتھ اُٹھے بھی تو بس اسی کے لیے
کہ جس نے مدتوں مجھ کو بہت ستایا ہے

وہ کسی کی بے وفائی کا بھی کھل کر گلا نہیں کرتیں:

میرے مسیحا میں نے تجھ کو ہی اپنا سب کچھ جانا ہے
مدت سے اک زخم ہے دل میں جی چاہے تو بھرنا بھی

ساتھ دیتی تو کہاں تک دیتی
کاٹ کر لے گیا بازو میرے

محرومی کا یہ احساس ان کے اشعار کو دھاردار بنا دیتا ہے:

پھر خواہشیں جوان ہوئیں تیرے قرب کی
کوئی ستارہ چاند کو جب چومنے لگے

......

اور بھی لوگ تیرے چاہنے والے ہیں بہت
تو فقط میرا رہے، یہ مری قسمت میں نہیں

اس محرومی کے باوجود ان کے دل میں کسی کی یاد کا نشتر سا متواتر کھٹکتا رہا ہے:

دھوپ ہو، چھاؤں ہو، برسات ہو یا پت جھڑ ہو
کوئی موسم ہو، تری یاد چلی آتی ہے

......

تیرے دھیان کی کشتی ہے نہ چاند ہے تیری یادوں کا
اور ایسے حالات میں مجھ کو دریا پار اُترنا ہے

ہجر کا یہ غم اور یادوں کی یہ کسک جب حد سے بڑھ کر سوز بن جاتی ہے تو پُرکیف ساز کی سی جھنکار سے اُن کا رنگِ تغزل اور نکھر جاتا ہے:

ترے خیال کی پرچھائیاں ملی ہیں مجھے
غزل میں اور بھی رعنائیاں ملی ہیں مجھے

......

یہ تیری یاد ہے اس کو نہ کوئی روک سکا
دل کے آنگن میں دبے پاؤں چلی آتی ہے

دلوں میں نشتر کی طرح اُترتا ہوا محترمہ ویاس کی غزلوں کا لہجہ اور پُراثر اندازِ بیان

حد درجہ شائستہ ہے، اظہار میں، کلاسیکی رچاؤ اور فکر وجذبہ میں گونا گوں گہرائی۔ یہی وجہ ہے کہ ان کی شاعری احساس کی سطح پر سانس لیتی ہے۔

اس شاعری کی ایک اور خصوصیت ہندی کا لب ولہجہ ہے جس میں بھاشا کی سادگی ہندی گیتوں کی لَے اور دوہے کی پرکاری ہے۔ وہ انگریزی زبان کے شعری ادب کی بھی شیدائی ہیں، اس لیے ان کی شاعری میں لیریکل Lyrical غنائیت اور رومانٹک ایرا Era کے شعرا کی رومانیت کا بھی رچاؤ ہے:

مرے دکھوں میں، مری ہر خوشی میں شامل ہے
نظر نہ آئے مگر ساتھ ساتھ چلتا ہے

......

یوون کے اس جنگل میں تم جانے کب تک بھٹکو گے
جیون کی اب شام ہوئی ہے لوٹ کے تم گھر آؤ تو

......

اس نگری کے بادل ہو تو سب کی پیاس بجھانا تم
میری بوند بھی شامل کرنا پانی جب برساؤ تم

اردو شاعری میں غزل کی بڑی اہمیت ہے اور کلاسیکی غزل اس کا انمول سرمایہ ہے، جس کی رمق ہر دور کے شاعر کی رفتارِ فکر سے جھلکتی ہے۔ ڈاکٹر گرجا ویاس کے یہاں کلاسیکی رچاؤ اور قدیم وجدید کا حسین امتزاج بڑے پُراثر پیرایے میں نمودار ہوتا ہے:

تمام عمر کی رنجش کو بھول جائے گا
گلے لپٹ کے اگر زار زار روئے گا

......

سوچیں کہ کیوں بدل گئی فطرت بہار کی
بڑھنے لگی جو دشمنی پھولوں سے خار کی

ڈاکٹر گرجا ویاس کی شاعری میں روایت کا وہ جادو تو نہیں جو روایت پرست شعرا کی کلاسیکی غزلوں میں ہوتا ہے، البتہ روایت کی دل کشی اور رومانیت کی طلسمی کیفیت بہ نفسِ نفیس ہے جو ان کے شاعرانہ وجدان میں داخل ہو کر اسے پُراثر اور دل کش بنا دیتی ہے اور یہ دل کشی ان کی ذہانت اور جذباتیت سے پیدا ہوتی ہے۔

کیوں کہ وہ نئی جہتوں کے دوش بہ دوش وقت کے ساتھ چلنا چاہتی ہیں، اس لیے خوب سے خوب تر کی تلاش کا عزم لے کر تخیل کی گہرائی سے زیادہ مشاہدہ اور مطالعہ سے اپنی غزلوں کا روپ نکھارتی ہیں۔ وہ اپنے گرد و پیش سے بھی بے خبر نہیں، بڑی سوجھ بوجھ سے زندگی اور اس کے مسائل کا تجزیہ کرتی ہیں اور قدرے جدید لب و لہجے میں حال کا درد آشوب تخلیق کرتی ہیں:

یہ کیسی بھیڑ ہے جس میں نہیں کوئی اپنا
یہاں تو اور بھی تنہائیاں ملی ہیں مجھے

تنہائی ذات کے اس غم کا تجزیہ وہ ان نام نہاد جدید شاعروں کی طرح نہیں کرتیں جو خوف و دہشت اور تنہائی کی الم ناکی سے فرد کے وجود کو مشکوک کر دیتا ہے۔ وہ تو اپنی شخصیت کی تکمیل دوسرے شخص کے تناظر اور تقابل میں کرتی ہیں جس کے ذریعے وہ خود کو دریافت کرنا چاہتی ہیں:

اس کو پا کر بھی یہ سوچوں کہ گنواؤں اس کو
مجھ کو ڈر ہے کہ کہیں بھول نہ جاؤں اس کو

......

فریب اپنوں نے اتنے دیے کہ کہتے ہیں
میں ڈر رہی ہوں اسی سے جو میرا سایہ ہے

ان کے یہاں خود کو دریافت کرنے کا یہ عمل جاری ہے جو دوسرے سے تقابل کے تحت انھیں روایت اور تاریخ سے منسلک ہے اور جب یہ تقابل مرد کی ذات کے تناظر میں ہوتا ہے تو وہ عورت کی گھٹن اور کسک کا اسی پُراثر لہجے میں اظہار کرتی ہیں جس کو ڈاکٹر محمد حسن ویاس

کی یہ آواز فرسودہ روایات کے دائروں کو توڑتی ہوئی کچھ اس طرح سنائی دیتی ہے:

ساتھ دیتی تو کہاں تک دیتی
کاٹ کر لے گیا بازو میرے

......

مری وفا کو وہ اپنی انا سے تولے گا
کرے گا پیار مگر نفرتوں سے بولے گا

کرے گا پیار مگر بھید سب چھپائے گا
سمجھ کے سوچ کے اپنی زبان کھولے گا

کبھی چٹان کی صورت دکھائی دیتا ہے
کبھی وہ موم کے مانند بھی پگھلتا ہے

......

آنکھیں ملا کے بات کبھی کر نہیں سکا
وہ شخص اپنے آپ سے ڈرتا ہوا ملا

......

مرا نصیب کہاں ہے کہ تیرے ساتھ رہوں
یہی بہت ہے کہ تیرے نگر میں رہتی ہوں

......

دعا میں ہاتھ اُٹھے بھی تو بس اسی کے لیے
کہ جس نے مدتوں مجھ کو بہت ستایا ہے

نے پروین شاکر کے حوالے سے اردو شاعری کی تیسری آواز سے منسوب کیا تھا۔

ڈاکٹر گرجاماں کی شفقت اور محبت بھی ان کے اشعار میں بڑی شدت سے نمایاں ہے:

وہ جس کی گود میں پائی تھی زندگی میں نے
ابھی تلک اسی آنچل کا سر پہ سایہ ہے

ڈاکٹر گرجا ویاس نے ایسے بہت سے اشعار میں عورت کے جذبات کی ترجمانی بڑے حسین اور منفرد انداز میں کی ہے۔ انھیں پروین شاکر کی طرح عورت کے ارمانوں اور تمناؤں کے چراغوں کی لَو کو بجھا دینے والی سماجی گھٹن کا شدید احساس ہے اور وہ مرد کے احساسِ برتری کی تیکھی دھار اور مرد کے بنائے ہوئے سماج کی فرسودہ رسموں سے پیدا شدہ کسک کا اظہار جس مؤثر و منفرد پیرایے میں کرتی ہیں وہ پروین شاکر کے لب و لہجہ سے قدرے مشابہ و مشترک ہے۔

مختصر یہ کہ محترمہ ویاس کی شاعری کا کلاسیکی رچاؤ جدید لب و لہجہ اور مخصوص آہنگ ان کے روشن مستقبل کی بشارت ہے۔ حالاں کہ محترمہ ویاس کی سیاسی مصروفیات کا دائرہ بہت وسیع ہے، مگر ان کی مشقِ سخن جاری ہے اور وہ خوب سے خوب تر کی تلاش میں یک گونہ بے خودی کے ساتھ اپنا تخلیقی سفر طے کر رہی ہیں:

ساتھ تیرے سفر میں غافل تھے
کون جانے کہاں مقام ہوا

ممتاز شکیب
اسسٹنٹ اسٹیشن ڈائرکٹر
آل انڈیا ریڈیو ، جے پور

اپنی بات

'سیپ سمندر موتی' میری غزلوں کی پہلی کتاب تھی جسے انجمن ترقی اردو نئی دہلی نے شائع کیا تھا۔ اس مجموعے کی پذیرائی ادبی حلقوں میں جس طرح ہوئی اس سے مجھے اور بھی لکھنے کا حوصلہ ملا۔

میں شکر گزار ہوں اُن چند میرے دوستوں کی، جن کی صحبت سے مجھے شعر و ادب سے محبت ہوئی۔ سبھی کے نام لینا تو ناممکن ہے مگر ہاں چند صاحبان آر۔ ایل۔ چاولا، ڈاکٹر ثاقب حسن رضوی، پروفیسر پریم بھنڈاری، پروفیسر جے۔ جی۔ بیسی، ڈی۔ آئی۔ خان، خلیل تنویر، اقبال ساگر وغیرہ کے ساتھ اکثر شعر و شاعری کی محفلیں جمتی تھیں اور میری روح کو سکون ملتا تھا۔ یہیں سے شروعات ہوئی کچھ کہنے کی، جو اس انجام تک پہنچی اور نتیجہ میں 'رنگِ احساس'۔

میری سیاسی مصروفیت اور زندگی کی بھاگ دوڑ کے بیچ کچھ لمحے مجھے اپنے آپ سے بات کرنے کے ملے تو میں نے ان لمحوں میں اُپجے احساسات کو لفظوں میں پرونے کی کوشش کی، اور مجھے لگتا ہے کہ یہ لمحے ہی میری زندگی کے بیش قیمتی لمحے رہے ہیں۔

میں نے زندگی میں وہ ہی سب کچھ محسوس کیا ہے جو عام انسان محسوس کرتا ہے، مگر اوپر والے کی مہربانی مجھ پر یہ رہی کہ جو عام انسان اپنے دُکھ درد کو

یا خوشی کے لمحات کو لفظوں میں بیان کر پاتا ہے، اسے شاعری میں بیان کرنے کا ہنر مجھے بخشا۔

میری اس کوشش میں، میں جمیل قریشی اور خلیل تنویر کا دلی شکریہ ادا کرتی ہوں جنھوں نے مجھے ہر قدم پر اپنی بیش قیمتی رائے دے کر میری حوصلہ افزائی فرمائی۔

اس کتاب کو ڈاکٹر مہتاب حیدر نقوی، علی گڑھ نے مرتب کیا ہے، ان کا شکریہ۔ 'رنگِ احساس' میں جو کچھ آپ کو اچھا لگے، وہ سب آپ کا ہی ہے، میں تو محض ایک وسیلہ ہوں۔

ڈاکٹر گرجا ویاس

۱۰/ اکتوبر ۲۰۱۵ء

ایک نام جس میں کئی طرح کی خوبیاں موجود ہوں، اسے اپنی پہچان بنانے کی کوئی ضرورت نہیں ہوتی۔ اس کی پہچان تو وقت بہ وقت اپنے آپ سماج میں بنتی جاتی ہے۔ میں نے یہ کرشمہ دیکھا ہے ڈاکٹر گرجا ویاس کی شخصیت میں، جنھیں میں بچپن سے جانتا ہوں۔ حالاں کہ وہ عمر میں مجھ سے چند سال بڑی ہیں، مگر کچھ لوگوں کی خوبی ہوتی ہے کہ ان کے رشتوں میں عمر کوئی معنی نہیں رکھتی ہے۔

ایک ہی محلّے میں برسوں ساتھ رہنے کے سبب ان کی شخصیت کے کئی رنگ میں نے بہت قریب سے دیکھے ہیں۔ اچھی دوست، اچھی پڑوسی، بہترین ٹیچر، بہترین شاعرہ، عمدہ گائیکا، اچھی کھلاڑی، سب کی ہمدرد، مددگار، سیاست کی سوجھ بوجھ رکھنے والی ڈاکٹر گرجا ویاس کی شخصیت کے کئی پہلو ہیں، جنھیں لفظوں میں بیان کرنا ناممکن لگتا ہے۔ باوجود ان سب خوبیوں کے ان کے مزاج میں کوئی غرور نہیں، کوئی انا نہیں۔

میں نے ڈاکٹر ویاس کا پہلا مجموعہ 'سیپ سمندر موتی' پڑھا تو لگا کہ ان کی غزلوں میں سادگی ہے، صاف گوئی ہے، رومانیت ہے، موسیقی ہے اور زندگی کے ہر پہلو کو بڑی خوبی کے ساتھ بیان کیا گیا ہے اور وہ بھی بغیر کسی آرائش کے، بغیر کسی آڈمبر کے، بنا کسی ذہنی کوشش کے — اور انھیں خوبیوں کی وجہ سے میں نے ان کی غزلوں کا ایک آڈیو سی۔ ڈی تیار کیا اور موسیقی کے ساتھ گایا بھی، جو سنگیت اور ادبی حلقوں میں بہت پسند کیا گیا۔

سادہ لہجہ میں بات کہنا بڑا مشکل ہوتا ہے اور اس لہجے میں اثر پیدا کرنا اور بھی مشکل